Las mamás, los pastores y los hermeneutas

A don Luis Leal,
felicitándolo por su homenaje
tan merecido como gozado.
Afectuosamente,

Martha Ojeda
Oct. '96

COLECCION
10
MAS ALLA

Martha Cerda

Las mamás, los pastores y los hermeneutas

EDICIONES

S.A. DE C.V.
MONTERREY
NUEVO LEON
M E X I C O
1   9   9   5

Corrección de estilo:
Martha Cerda

Diseño de Portada:
Mauro Machuca

© Derechos Reservados por la autora
Martha Cerda
Las mamás, los pastores y los hermeneutas
COLECCION MÁS ALLÁ VOL. 10.

© **Primera Edición 1995**
Ediciones Castillo, S.A. de C. V.
Privada Fco. L. Rocha No. 7
Fracc. Residencial Galerías
C. P. 64630 A. P. 1759
Monterrey, N. L. México

Miembro de la Cámara Nacional
de la Industria Editorial Mexicana
Registro No. 1029
ISBN 968–7415–18–5

Impreso en México
Printed in México

PROLOGO

Martha Cerda y la escritura

Uno como lector se asoma a la escritura para exponer todo con lo que cuenta o le falta; por eso es quizá que la lectura conlleva siempre algunos riesgos en los que el escritor se vuelve bicéfalo: lector-escritor.

En medio de este acto mágico se borran todas las coordenadas convencionales y se libera la imaginación. Esta ha sido para mí la experiencia que he tenido (¿o vivido?) con la escritura de Martha Cerda.

Una escritura que capta y optimiza los recursos indispensables para hacer de la lectura un viaje placentero o desgarrador, según sea necesario.

En **Las mamás, los pastores y los hermeneutas** *se reúnen historias en donde conviven, sin control alguno, universos tan disímiles que desenmascaran a los personajes de ficción y finalmente evidencian verdaderos estados de conciencia.*

Montada en el juego, Martha Cerda crea esta serie de "metáforas espaciales" que confrontan las historias con sus lectores y a éstos con la autora. Todo como un círculo en el que se viaja para volver siempre diferentes.

Aquí, el lector encontrará reelaboraciones de otras historias que, por lejanas, nuestra tradición ha preferido llamarlas "otras", sin plantearse la posibilidad de que ésta sea sólo un fragmento de "aquélla", condenada a repetirse. Por eso, en los cuentos de MC los tiempos y los espacios borran sus fronteras, para situarnos dentro de una única y universal conciencia en donde viven las virtudes y debilidades de los hombres y mujeres.

En medio de ese destino trágico que unifica a los lectores y a todas las historias, la escritura juega y se deja jugar para rescatar las anécdotas, los instantes y los rostros del ser diferenciado y fugaz. De esta forma, podría decirse que en el centro del trabajo de Martha Cerda, se rescatan del olvido de Dios los fragmentos que quedan de cada uno de sus personajes. ¿Qué mejor lugar para el encuentro podría ofrecerse a los lectores?

La palabra: luz, entendimiento, Dios; que parece recoger de nuevo nuestro cuerpo en plenitud, a través de la lectura.

Carlos Arredondo

ÍNDICE

PRIMERA PARTE

El elogio del padrastro

¿Polonia?, respondí con la misma ingenuidad que veinticinco años antes respondiera: *Sí, acepto.* Polonia estaba tan distante de mí ahora, como yo de entonces. Quizá por eso escuché latir mi corazón al unísono del suyo, oculto tras aquella sonrisa, un poco ardillada. Siempre me habían gustado las ardillas, su apariencia juguetona y bondadosa. *¿Polonia?*, me repetí, sintiendo desmoronarse mi inquebrantable fe en mí misma por efecto de la osteoporosis espiritual que aqueja a toda mujer que madura. O, como diría Villaurrutia, quemadura, quema dura... y oye repicar la campanilla de un inesperado galán y no sabe por dónde, con la consecuente inflamación de la imaginación (aunque rime), y los ovarios.

Testículos más, testículos menos, había conocido en mi vida cinco ejemplares al natural del sexo masculino, a saber; mis hermanos, menores, por supuesto; mis hijos y mi marido. Un par más y en Polonia, me sonaba a exotismo puro, igual que Checoslovaquia. Checoslovaquia también es el Este, pensaba, tratando de relacionar el cristal de Bohemia, con el sonido astillado de mi pudor. El pudor es incompatible con la vanidad. ¿A qué mujer no le gusta sentirse deseada? Este argumento, solo, justifica todos los adulterios femeninos. Abrí la boca para contestar: *Sí, vamos a Polonia* y en cambio dije lentamente: *Me encantaría pero estoy menstruando.*

Al día siguiente él salió a Polonia y yo nunca volví a menstruar. De cualquier manera no me hubiera gustado para padrastro de mis hijos, que ya son mayores de edad, un hombre con sonrisa de ardilla.

Inventario

Mi vecino tenía un gato imaginario. Todas las mañanas lo sacaba a la calle, abría la puerta y le gritaba: "*Anda, ve a hacer tus necesidades*". El gato se paseaba imaginariamente por el jardín y al cabo de un rato regresaba a la casa, donde le esperaba un tazón de leche. Bebía imaginariamente el líquido, se lamía los bigotes, se relamía una mano y luego otra y se echaba a dormir en el tapete de la entrada. De vez en cuando perseguía un ratón o se subía a lo alto de un árbol. Mi vecino se iba todo el día, pero cuando volvía a casa el gato ronroneaba y se le pegaba a las piernas imaginariamente. Mi vecino le acariciaba la cabeza y sonreía. El gato lo miraba con cierta ternura imaginaria y mi vecino se sentía acompañado. Me imagino que es negro (el gato), porque algunas personas se asustan cuando imaginan que lo ven pasar.

Una vez el gato se perdió y mi vecino estuvo una semana buscándolo; cuanto gato atropellado veía se imaginaba que era el suyo, hasta que imaginó que lo encontraba y todo volvió a ser como antes, por un tiempo, el suficiente para que mi vecino se imaginara que el gato lo había arañado. Lo castigó dejándolo sin leche. Yo me imaginaba al gato maullando de hambre. Entonces lo llamé: "*minino, minino*", y me imaginé que vino corriendo a mi casa. Desde ese día mi vecino no me habla, porque se imagina que yo me robé a su gato.

Cumpleaños

Aquel día papá encontró la forma de violar la tumba de mamá. Eran las tres de la tarde y el cementerio estaba lleno de visitantes que llevaban flores a sus respectivos difuntos. Papá llegó puntual a su cita con Martha, su secretaria, que lo esperaba en *"El café de enfrente"*. Los deudos depositaban las flores en los jarrones dispuestos en cada lápida para ese efecto. *"Para ese efecto"*, le dictaba papá a Martha, la secretaria, quien seguía atentamente las palabras de papá, los gestos de papá, las miradas de papá. Papá recordó que era el cumpleaños de mamá, aunque mamá hacía ya tiempo que había dejado de cumplir y parpadeó. Martha transcribió el parpadeo en taquigrafía. Entre puntitos y rayitas dieron las cinco. Los visitantes comenzaron a retirarse; la lápida de mamá era la única sin flores entre las que la rodeaban. Papá rodeaba con su brazo la cintura de Martha y ella rodeaba con su pierna la pierna de papá. Los guardias cerraron con llave las puertas del cementerio y papá tuvo que quedarse en un cuarto de hotel, con Martha.

Al día siguiente la tumba de mamá amaneció abierta y su esqueleto junto a la entrada. Los guardianes declararon que el sistema de seguridad del panteón era tan efectivo que nadie podía entrar. Ni salir.

La otra cara de la moneda

El día había sido un parteaguas, de un lado quedaban los hechos consumados, que no pertenecían a nadie. Del otro, aquellos que no alcanzarían a consumarse nunca. En medio estaba Maty, con sus paperas marcando el fin de su infancia, de su parecido con mamá. Maty, dolorosamente suya, a pesar de su indiferencia, como el riñón o el hígado, que no nos damos cuenta de que existen hasta que nos duelen. Y ahora a ella le dolía Maty, que la miraba con el cabello enredado (es increíble cómo puede enredarse el cabello en un día), y sus ojos hundidos pero felices de tenerla en casa. *¿No vas a salir?*, le preguntó con su carita hinchada. No, no saldría, que el éxito esperara, no podía dejar a su hija, que de pronto había crecido tanto y que seguramente crecería más, después de las paperas y que no seguiría preguntándole por mucho tiempo si saldría o no. Del lado de los hechos consumados, había quedado la soledad de Maty, viéndola partir un día y otro como a una madre moderna que no acaba de comprender que los niños siguen sintiendo a la antigua, creciendo a la antigua, enfermándose a la antigua; "mira que pescar unas paperas". Maty estaba a punto de dejar todo aquello, de pasarse al otro lado, y ella, mamá, empieza a sentirse a gusto de estar en casa, sin tacones, sin pintarse, sin importarle perder el trabajo; ya habrá otra oportunidad, aunque sabe muy bien que no es cierto, que las oportunidades serán para aquéllas que salgan corriendo a atraparlas, mientras las paperas de sus hijas van creciendo de a poquito, día con día, hasta que no sea posible ocultarlas.

¿Vemos la tele, mami? ¿Por qué no?, contesta mamá, repentinamente libre.

La última cena

Cuando los apóstoles terminaron de predicar a los infieles, volvieron al cuadro. Jesús esperaba, sentado en medio de la mesa, como Leonardo lo dejara. Pedro, secándose el sudor, se sentó. *¿Y bien?*, preguntó Jesús. *Nada, todavía*, dijo Pedro, levantándose la túnica para acomodarse mejor en la silla. Leonardo miró el cuadro y le dio un brochazo a Pedro en la barba. Pedro cerró un ojo y no vio cuando Juan entró corriendo seguido de Tomás. Ambos ocuparon sus lugares. Jesús hizo a un lado el pan y el vino, para acodarse sobre la mesa y mirar a Juan a la cara. Se veía triste. Leonardo se hizo hacia atrás, el azul del manto de Jesús no le gustaba, quizá si le aclaraba el pelo destacaría... Juan y Tomás bebieron un poco de vino antes de que Jesús lo bendijera. *¿Cuánto falta para la cena?*, llegó preguntando Lucas. *Cuando estén todos*, contestó Jesús. Santiago alcanzó a oír y se dio prisa. Venía de buscar a Judas, sin encontrarlo. Tengo hambre, se dijo, antes de que Leonardo exclamara: *No me acaba de gustar.* Mateo sacudió una sandalia contra otra y se dirigió a su sitio; inclinó la cabeza y se quedó pensativo. Estaban demasiado apretados, pero tenían que caber los doce. *¿Cuándo acabaría eso?*, se estaba haciendo tarde. Leonardo miró hacia arriba: la luz, no podía esperar más, si anochecía no podría terminar el cuadro. Sólo faltaba Judas, *¿se habría arrepentido?*, si no llegaba a tiempo la Historia cambiaría. Los apóstoles bromeaban entre sí y Jesús parecía tranquilo. Leonardo era el único indeciso, estaban todos tan contentos... Leonardo empezó a limpiar los pinceles y a guardar las pinturas, se quitó la bata, se puso el sombrero y suspiró: ahí estaba Judas, en el último momento, con sus treinta monedas. Jesús agachó la cabeza, el pelo le cubrió medio rostro. Leonardo tomó el pincel con todas sus fuerzas y firmó el cuadro.

Presagios del pasado

El pasado, esa parte de nosotros
que se queda después de que
nos vamos. Sedimento de Vida.

Martha Cerda

El pasado es un archivero lleno de cajones repletos de tías y abuelas, de nombres feos y apariencias desagradables, que saltan cuando los abrimos. Nombres demasiado conocidos, con su respectivo rostro, como el del tío Job, del que no quieres recordar, pero recuerdas, su pelo blanco, ¿cómo estará ahora?, su sonrisa sin dientes, su avidez para comer, porque no quería morirse, y no se ha muerto, aunque para ti como si lo estuviera. Tener el mismo tío por tantos años es un abuso. Lo olvidaste al cerrar el cajón con él adentro y contigo. Con esa parte de ti que él recuerda y tú también. Cuando ibas con tu prima, la güerita, a la que le regalabas los vestidos que no te quedaban, la que creció y se hizo grande como tú y se casó y tuvo sus hijos y te cansaste de seguir viendo cómo sus hijos también crecían y ella engordaba y se ponía a dieta y celebraba las primeras comuniones y se pintaba el pelo y sus hijas cumplían quince años y ella se cambiaba de ropa y de casa y de peinado pero seguía siendo la misma prima hija del tío Job que se había multiplicado y no cabía en el cajón junto con su hija y su yerno y sus nietos y que por eso no quieres abrirlo porque te cuesta mucho cerrarlo, no sea que se quede por ahí una pierna de fuera y no sea que esa pierna sea la tuya, de cuando la prima y tú no tenían pasado porque éste no había pasado todavía. Tú no sabías que ibas a ser así, medio regordeta, así, con el pasado en un puño, así, como era tu tío Job a tu edad: un aprendiz de viejo. Ahora es todo un profesional de la vejez, y tú tan ocupada que estás esperando a que se muera para ir a verlos a él, a tu prima, a sus hijos, que ya tendrán bigote, que ya tendrán novia, que ya te tendrán guardada en un cajón de su archivero.

Realidad virtual

Adán despertó con un dolor de cabeza que le llegaba hasta el pene. Aturdido, dobló una pierna, se apoyó en un brazo y levantó el otro hacia delante, con el dedo índice apuntando al amanecer. Se vio desnudo, lampiñamente desnudo, en contraste con su cabeza olímpica. Estaba recién nacido, como cada mañana, y tenía un imperioso deseo de orinar. Los cantos de Ave, su mujer, le llegaban ora de lejos, ora de cerca. Adán acabó de enderezarse y se elevó sobre sus pies. Medía uno noventa de estatura, desde ahí oyó los cantos de Ave como un eco que lo guió a ella: estaba detrás de un árbol, el pelo suelto hasta la cintura, cubriéndole la espalda, las manos subiendo en espiral hacia el cielo al ritmo de su canto. Adán pisó una rama seca y Ave giró hacia él, sus manos descendieron hasta el pubis virginal y los cantos cesaron. Ambos sintieron vergüenza: la noche anterior Adán no había podido penetrarla, ni la anterior de la anterior, ni ninguna desde su noche de bodas, cuando ella apenas tenía senos y su pelo era corto, igual al de un niño. Adán se sintió tan atemorizado y atraído por ella entonces, como ahora, pero su virilidad se le negaba. Y es que el pelo de Ave fue creciendo, mas su figura seguía siendo frágil, ajena. Adán descargó su orina sobre el árbol, había pasado tiempo suficiente para tener un hijo, quizá dos, pero Ave hubiera sido incapaz de amamantarlos, aunque sí podría envolverlos en su cabellera y arroparlos igual que a él. Adán se hacía más dócil, conforme el pelo de Ave crecía y crecía, cubriéndola toda. Transcurrieron muchos días. Adán despertaba con menos frecuencia, pasaba de un sueño a otro, que era el mismo: Ave, tejiendo una red con su enorme cabellera. La última vez que Adán despertó, era de noche y le había crecido tanto la barba que le llegaba hasta el pene. Ave no estaba, tampoco su canto. Adán tenía deseos de orinar, de ir hasta el árbol desde donde tal vez vería a Ave y ella quizá lo viera a él y probablemente hasta podrían engendrar un hijo al que llamarían Caín, destinado a matar a su hermano, por lo que ellos tendrían que engendrar otro y otros, que se matarían entre sí y seguirían matándose hasta la consumación de los siglos... Adán dobló una pierna para incorporarse, se apoyó en el brazo izquierdo, levantó el derecho hacia delante con el dedo índice extendido, pero aún no amanecía, las ganas de orinar se le habían pasado y lo único que Adán sentía era sueño, mucho sueño, y dejando caer el brazo, se quedó dormido.

Niña sin nombre

¿Cómo llegó aquí?, me preguntó alguien.

No sé quién era. Creí que era de la judicial o algo peor, porque dicen que el padre de la criatura muerta que traigo en los brazos, es judicial. Vaya usted a saber. Su madre es Ana, mi criada. La niña se quedaba el día entero encerrada en el cuarto de servicio, esperando que su mamá terminara el trabajo. Así pasó un año, sin que me diera cuenta ni a qué hora le daba de comer a su hija. No me gusta ver a las criaturas sufrir. Pero ya ve cómo son las muchachas de malagradecidas, Ana volvió a embarazarse. Con dos escuincles no va a poder, pensé, Ana tenía cinco meses de encargo y la niña un año, cuando la criatura se enfermó de tos. Digo la niña o la criatura, porque no estaba bautizada. *"Señora, ¿tiene una que estar casada por la Iglesia para bautizar a los niños?"* Yo no sabía de esas cosas. Entonces apareció el supuesto padre de la niña y Ana salió con él, dizque para enseñarle a su hija. Al regresar, la niña estaba ardiendo en calentura. A la mañana siguiente casi no respiraba. *Dale este jarabe*, le dije. Ana obedeció y siguió haciendo quehacer. A eso de las once me asomé a su cuarto, la niña no se movía. *Si quieres vamos a llevarla al hospital*, le propuse a Ana, deseando que me contestara que no. *Primero que andan de sinvergüenzas...* Ella adivinó mis pensamientos y respondió que *"luego"*. Yo no sabía que la niña estaba muriéndose, ¿cómo iba a saberlo? Cuando oí el grito de Ana, le recordé: *Te dije que la lleváramos al hospital*. Subimos al coche con la criatura y nos dirigimos al sanatorio más cercano. Ana entregó la niña a una enfermera y se sentó, con sus cinco meses de embarazo, a llorar en la sala de urgencias. Al rato apareció un doctor: *¿quién es la mamá de la niña sin nombre? Llegó muerta*, dijo. *Broncoaspiró.*

Yo no sabía nada de Ana ni de su vida. Sólo sabía que Ana no tendría dos niños y podría seguir en mi casa. Pobre, ¿cómo iba a trabajar con dos criaturas? Era lo mejor que podía haberle pasado. Mientras Ana firmaba los papeles para sacar a la niña muerta, me pidió que se la detuviera. La agarré con miedo, una niña muerta, es una niña muerta. Pasaron horas y Ana no me quitaba a la niña, se reía, lloraba, preguntaba si la criatura se iba a ir al Limbo; me enseñaba un vestidito blanco y una coronita de flores para vestirla; pero no me la quitaba. La niña se empezó a poner morada, Ana encendió unas velas alrededor de mí y de la niña; llegó su comadre Tomasa y comenzó a rezar, la niña olía. Ana la tapó con una cobijita blanca para que no tuviera frío, me cubrió a mí también desde la cara, y ya no pude ver. Por eso no sé cómo llegué aquí, nada más sé que no puedo salir mientras traiga a la niña.

Casi intacta

Llevaba su vestido a cuadros. El de cuadritos rojos y azules que le gustaba tanto, con una banda roja en la cintura y un holán al ruedo, que le llegaba casi a los tobillos, para cuando creciera.

También llevaba sus zapatos negros de charol, recién limpiados y unas tobilleras blancas que le quedaban grandes, igual que los zapatos. En la mano izquierda traía una esclavita de oro con su nombre: Carla. Y en la derecha, la mano de su madre sudorosa y rígida. Carla caminaba a brinquitos para ir al ritmo de su mamá, cuyas piernas largas y esbeltas cortaban la distancia como unas tijeras. La casa de Carla se alejó, se fue haciendo chiquita, mientras el coche estacionado en la esquina del parque iba creciendo más y más, hasta hacerse real. Carla sintió que la mano de su mamá se puso fría cuando su papá, dándole un beso también frío en la mejilla, la alzó del suelo y le dijo: *qué bonita estás, hijita.* A Carla se le levantó el vestido, dejando ver por un momento sus piernitas flacas. Los cuadritos rojos y azules volvieron a su lugar en cuanto Carla ocupó el suyo en el interior del auto. Papá y mamá se sentaron adelante, casi juntos. Tal vez la llevarían a la nieve. ¿Cómo se la comería sin manchar su vestido de cuadros? Estaba casi nuevo, no se lo ponían más que un rato, los domingos, y se lo quitaban en cuanto volvían a su casa, para no ensuciarlo, porque era americano, decía su mamá. Y Carla la miraba colgarlo en un gancho, donde se veía casi tan lindo como en ella, aunque su lazo quedara suelto y desamparado. Carla se sentó en medio del asiento trasero y extendió su falda a todo lo ancho, cuadrito por cuadrito. El moño de la cintura no la dejaba recargarse bien, porque era doble. Ojalá no se ensuciara con el helado, pensó, cruzando las manitas sobre su falda. En el asiento delantero, su madre dijo: *Tú ya rehiciste tu vida.* Y su padre contestó: *Pues si te casas, no la volverás a ver.* El coche no se movía. Carla se distrajo jugando con los listones de sus coletas, rojos también. Le caían a cada lado, igual que las orejas de la Candy, la *Coker* que le había regalado su papá cuando vivía con ellas. *Eres un egoísta*, gritó su mamá. Carla sintió que los listones le hacían cosquillas en el cuello y jaló la punta de uno y luego del otro. Papá dijo: *¿Y tú?* Carla comenzó a sentir ganas de hacer pipí, pero si lo decía ya no la llevarían a la nieve. Miró su vestido de cuadros, tan bonito, y se acordó de que ya era grande. Las niñas grandes no debían dar lata, aunque tuvieran ganas de ir al baño. Su mamá dijo entonces: *Que ella decida, ¿por qué no le preguntas con quién quiere irse?* Carla sintió que algo caliente le escurría por sus piernitas flacas, pero se quedó quietecita. Su vestido estaba casi intacto cuando contestó: *Con los dos.*

16

El escarabajo rojo

"Te espero mañana a las diez, no se te olvide el escarabajo".

Releí ayer tu carta, escrita hace quince años, cuando las manos en los bolsillos y los tenis sucios. La leí a tiempo para recordar tu cabello lacio y despeinado sobre tu frente, cómplice de tu mirada. Veo el escarabajo, me costó atraparlo, animarme a tenerlo conmigo para este día. En su cajita de cartón lo he alimentado con migajas de pan, pedacitos de frutas, hojas de árbol. No sé si toma agua, pero le dejo una corcholata de coca cola, llena. Lo saco al sol en las mañanas, un ratito, y lo vuelvo a meter, como a tu recuerdo. El también se ha acostumbrado a mí, no trata de salirse de la caja, como los primeros días.

Sé que te casaste, no sé para qué quieras el escarabajo ahora; tampoco lo sabía entonces, pero me pareció natural que me pidieras uno y que yo no preguntara para qué. Querías probarme, era la única mujer de la pandilla y, por más que me vistiera de hombre, los senos me delataban.

Ya antes me habías pedido una lagartija y un ratón y te fallé. Pero ahora no te fallaré. Faltan sólo unas horas. No te diré que es el tercer escarabajo que consigo, los otros dos se murieron, igual que la niña. Ya tendría seis años, si no hubiera sido por la difteria y las mariposas. Lo último que vio fue una mariposa volando, quizá quiso seguirla.

Mi niña, lo único que me quedó desde que me negué a buscar lagartijas y arañas, y tantas cosas que me pidieron los que vinieron detrás de ti. Todo fue manchar los calzones de sangre la primera vez, para que se dejaran venir. Hasta que por fin uno te trajo a mi memoria, por la manera de caminar. El no me pidió nada, ni siquiera que lo amara. Por eso nació mi hija tan débil, como a fuerzas. Tú ya te habías casado y nunca supiste de la niña, pero el pacto no se había roto: a las diez de la mañana, en el parque, con un escarabajo cada uno. ¿O escarabaja? No sé dónde tienen el sexo, pero él sí sabe donde tengo el mío. Cuando me acuesto lo saco de la cajita y lo pongo sobre mi vientre, se baja despacito, se esconde ahí, como en su nido, y yo me acuerdo de ti, de tus manos rasposas agarrando el escarabajo, apretándolo, el escarabajo...

Me pondré el vestido rojo, ya no me visto de hombre, para qué. Te llevaré la foto de la niña, quiero que la conozcas, dicen que se parecía a mí. Qué bueno que se murió. El vestido rojo, y por debajo, nada. Cuando veas el escarabajo sobre mi falda, me reconocerás. Yo a ti no puedo confundirte, aunque dicen que te has convertido en un ejecutivo de traje y corbata. Lo que no saben es que traes un escarabajo escondido y que pronto lo mostrarás: *"Estés donde estés, dentro de quince años te esperaré en el parque, a las diez de la mañana, no olvides el escarabajo". No faltes*, me dijiste, y te lo juré con el juramento de nuestra pandilla. El día que murió mi niña, empecé a contar los que faltaban para nuestra cita.

El escarabajo está listo en su caja de cartón, con agujeritos, para que le entre aire. Yo estoy lista, con mi vestido rojo, para lo que tú quieras; ir a pasear, a comer, al cine, con mi vestido rojo; o para no ir.

Amenazaba tormenta

Una hora de más o de menos no tiene importancia, salvo que estés muriéndote o naciendo. "*Muriéndome*", es decir, morirse uno a sí mismo, no a otro; por lo tanto, no es igual un minuto antes que después. Pero esta reflexión no la hice cuando se interpuso por primera vez en mi vida una nube entre las tres y las cuatro de la tarde, impidiéndome ver a mi alrededor durante esa hora. Tampoco me di cuenta de que sólo me cubría a mí, como una venda sobre mis párpados. Por lo demás, no estaba mal, aparecía justo a la hora de la siesta, protegiéndome con su sombra de algún rayo de sol inoportuno. Era grato despertar en medio de una luz amortiguada, sin los deslumbramientos tan comunes del mes de abril. Porque era abril y aún no llegaban las lluvias, así que la nube era más bien blanca. La única en protestar fue mi esposa, quien no dejó de creer que era cosa mía para fastidiarla. Le parecía de lo más extravagante traer una nube en los ojos, en lugar de unos lentes obscuros. Tal vez hubiera preferido un antifaz y no mi algodonosa compañía. Sin embargo, ahí estaba y lo mejor era dormir la siesta bajo su cobijo.

Fue hasta algunos días después, que me percaté de su movimiento. Estábamos en una comida de bodas, de ésas en que sirven a las cuatro de la tarde, cuando mi mujer, malhumorada, me reclamó: "*¿no pudiste dejarla en la casa?*" "*¿A quién?*", le pregunté. "*A tu maldita nube*". La cual a esas fechas había descendido a la altura de mi cuello, semejando una escafandra. Por cierto que, a las cinco, la nube persistía en este sitio. Me hubiera gustado verificar si en mi casa no estaba en ese momento nube alguna, mas la sola idea me pareció desleal. Indudablemente la nube era mi seguidora, no tenía derecho a desconfiar de ella. Excepto que mi tiempo de observar se iba acortando, no podía objetarle nada; era juguetona, aunque discreta, no pasaba de envolverme la cara, con lo cual me defendía de los ruidos. ¿Se han puesto alguna vez algodones en los oídos para no escuchar a su cónyuge? También me permitía reírme sin que me vieran y eludir las respuestas a la misma pregunta: *¿De dónde diablos sacaste esa cosa?*

Cuando la nube se extendió hasta la hora del crepúsculo, adquirió un tono rosado que me sentaba mejor y, mientras el mundo de afuera se esforzaba en agredirme por medio de los insultos de mi mujer, a quien cada vez oía menos gracias a la nube; mi mundo de adentro crecía y se ensanchaba: el vapor ya me envolvía de la cabeza a los pies, desde las tres de la tarde hasta el anochecer.

Un lunes amanecí nublado. Mi nube había decidido quedarse conmigo la noche anterior, porque amenazaba tormenta. Mi mujer estaba furiosa. Como a las diez de la mañana comencé a llover. "*Augusto, deja de hacer payasadas*", gritó mi mujer a eso de la doce, pero yo seguí lloviendo hasta que mi última gota empapó la alfombra, ante los gritos ya inaudibles de la que fuera mi esposa.

Deliberadamente

Te extraño, ponías al final de las primeras cartas de los primeros días. Después de los: *El cielo es más azul y sin embargo... me siento sola, muy pronto volveré.*

Te extraño. ¿Recibiste mi carta?...Estoy triste... no he podido escribir... mucho trabajo.

Te extraño. Hoy conocí a... Se parece a ti en la forma de hablar... se llama igual que tú pero en inglés... es tan sólo un amigo.

Te extraño. Y la vida aconteciendo a dos, tres mil kilómetros por medio. Acá, flores de cempasúchil y altar de muerto. Allá, *Thanksgiving day, Halloween* y *Merry Christmas*. Los reyes magos me trajeron tu carta *after* de las posadas. *I love you*, me decías, *I miss you*, terminabas; y en medio la nieve resbalando. ¿Se parece aún a mí?, ¿se llama como yo, pero en inglés? El cielo acá más gris y sin embargo... dos mil, tres mil kilómetros de espera, casi a la par que el *dollar*, así, con doble ele, como llanto, como llama, como... ¿cómo llegar a ti?

Tus *te extraño* o *I miss you*, cada vez más lejanos, más quedos, la letra más borrosa, mi nombre en inglés: *What did you say?*... Hasta aquel día en que *Before, before, before*, cuando tú y yo éramos tan felices... decías en una carta que atravesó tu cielo azul y sin embargo, dejando traslucir cierta nostalgia, haciendo renacer los: "*Será una sorpresa, el boleto de avión sale muy caro, un año de salario; mejor en autobús, aunque se alargue; el traje, los zapatos, Oxford Street o what?*"

Veinte *hot dogs* después y una semana, tu nombre en inglés entre mis labios, el pantalón brilloso y un hotel de tercera para alojar mis sueños: Tal vez desde *before* me está esperando; tal vez *she and me forever; perhaps* tú y yo *together* en la *Oxford Street*.

El ramito de flores más barato y más caro: ¿por qué no seré rico?, el sobre estrujado; éramos tan felices... tú y yo... no corras tanto, estás frente a su casa.

Ella te abrió la puerta: *Hello*, tú pensabas decirle deliberadamente en *english*, con el ramo de flores deliberadamente rojas. Ella te vio mirarla y pronunció tu nombre en silencio, para luego gritar: *¿recibiste mis cartas?, quería que tú supieras lo que estaba aprendiendo, ¿llegaste muy cansado?, yo pensaba escribirte y darte la noticia, ¿cómo están en tu casa?, fue algo tan, no sé cómo decirlo, so fast, you know?, but, ¿quieres una cerveza?, tengo seis meses ya, pero no te preocupes, ¿son para mí las flores?, si no estuviera gorda te daría un abrazo, ¿por qué no me avisaste?, te habría explicado que aquí todo es distinto, do you understand?*; te preguntó poniendo las manos en su vientre, sin poder ocultar esos seis meses. Si él se parece a ti en la forma de hablar y si llevas su nombre en español, es una coincidencia solamente.

Tú tiraste las flores y le gritaste *perra*, en castellano, con la erre de rabia y de *dollar*; de tu último *dollar*, de tu última risa. Te diste media vuelta, caminaste a la esquina y te volviste. Ella seguía allí, en la *Oxford Street* de aquellas cartas. Tu brazo se alzó a pesar tuyo para decir adiós. Y ella te contestó, ondeando cinco dedos, en aquel cielo deliberadamente azul, y sin embargo.

Suspiré hondo para verla mejor

Todos gritan al mismo tiempo, pero yo distingo las voces por separado, cada una en su exacto momento, tono y coraje: *má-ten-lo, má-ten-lo, má-ten-lo*. Lo escucho una, dos, miles de veces, y recuerdo aquello que oía de chiquillo en el templo: *setenta veces siete*, mientras cientos de bocas siguen repitiendo: *má-ten-lo*, refiriéndose a mí, que estoy crucificado. Y entonces recuerdo la promesa: si mi madre se alivia iré a Iztapalapa a que me crucifiquen; me vestiré de Cristo.

Conocí al Iscariote en una cantina; a la quinta cerveza comenzó a contarme su historia. Había hecho el Judas varias veces en Iztapalapa, con su túnica de *chermes* y su bigotito de teporocho. Fue él quien me juró, con diez cervezas entre pecho y espalda, que su madrecita santa se había aliviado de un cáncer que la estaba corroyendo. Por ese milagro él había ofrecido venir cada año a la pasión.

Iscariote me llevó a los ensayos y me metió el hombro para que me aceptaran de ladrón, el buen ladrón, pero el penúltimo día falló el Jesús y me ascendieron. Por puritita chiripa, cumplí mi manda. *Uan momen*, me dijo el Iscariote, que para entonces ya me llamaba compadre; *uan momen, esto ya no me está gustando, cómo que pa'pronto el papel principal si yo fui el que te consiguió la chamba, compadre. Me cae que te traes algo con el mero mero, pues pa'mí que no das el ancho pa'Cristo. La neta que no*, le dije, *yo nomás que pase esto y no me vuelves a ver, mi Judas, ni que fuera para tanto. Más te vale, compadre*, dijo él, escupiendo junto a mí, *si no fuera por tu jefecita, te armaba una bronca.* Y se alejó maldiciendo.

La túnica me quedaba grande, pero la corona de espinas era de mi medida, las púas se me encajaban por toda la cabeza.

Cuando me echaron la cruz encima, clarito oí que Judas me dijo: *ya te jodiste*.

Y todo porque mi viejecita se aliviara, hasta le había comprado sus zapatos nuevos para que viniera a verme, de ésos meros buenos.

¿Cómo iba a pensar que el cabrón del Iscariote me haría mala obra? No sabe con quién se está metiendo, dije, antes de caerme la primera vez. Oí risas y sentí coraje, méndiga cruz, si no hubiera pesado tanto. Me levantó a latigazos un tipo disfrazado con unas nagüitas cortitas. Se le veían las patas flacas y prietas por debajo. Los flashazos de las cámaras me encandilaban más que el sol de Viernes Santo. La gente gritaba *máten-lo*, pero no era a mí, el "Chato" Aguirre, al que querían matar, sino al otro, al que se enfermó, o al de a de veras. No a mí, que tengo a mi novia pedida y dada, la más chula de la vecindad.

Descansé cuando me pusieron en la cruz, ya no podía más con ella. Me dejé amarrar, me dejé colgar, la gente seguía gritando, *má-ten-lo*, y yo seguía pensando, no es a mí, el *Michael Jackson* de los pobres, su mero papi, cómo va a ser, si quedé de ir al cine mañana con la Susana, mi casi esposa. Bola de montoneros, hombrecitos habían de ser y entrarle de uno por uno a los trancazos, quise decir, pero no pude, me estaba ahogando, algo por dentro me quemaba. El hombre que estaba a mi lado, desde su cruz, me dijo: *"Cuando estés en el Reino de los Cielos, acuérdate de mí"*. ¿De qué me estaba hablando? Fue cuando la vi. Supe que era ella por los zapatos nuevos. Mi viejecita se había aliviado y me estaba viendo. Suspiré hondo para verla mejor, sí, era ella, y gritaba, *má-ten-lo, máten-lo*.

Centrum
21 de septiembre de 1993.

Cada que llueve me acuerdo de Lety

Mi prima Lety y yo, íbamos a llevarle flores a la abuela cada domingo. Mi madre llevaba a Lety de una mano y a mí de otra; al llegar a la tumba de la abuela nos soltaba, con la condición de que yo no fuera a hacer llorar a mi prima. *A las niñas no se les debe lastimar ni con el pétalo de una rosa*, decía mi madre. Pero Lety no era igual a las demás. No se asustaba con los chapulines, ni chillaba si se caía, y hasta se animaba a coger los huesos de los muertos si encontrábamos alguna tumba abierta. Por eso me gustaba jugar con ella, y porque cuando la vistieron de angelito para una posada se veía rete bonita.

Mamá no sabía que entre semana, al salir de la escuela, también íbamos al panteón. Era como una ciudad sólo para nosotros, a la medida de nuestros diez años, con calles, árboles, casas. Conocíamos todos los senderos por sus olores y por las flores. Especialmente por las flores. Las había marchitas y malolientes; de papel desteñido, de hojalata y algunas, frescas; siempre gladiolas, siempre blancas.

Jugábamos a cambiarlas de lugar. Había tumbas abandonadas de las que nadie se acordaba, Lety y yo mirábamos para todos lados; si nadie nos veía, quitábamos las flores de la familia Terrazas y las poníamos en la de los Ochoa. Aún recuerdo sus nombres: *Antonio Ochoa, 1891-1940; Dolores Ochoa, 1880-1910; María de Jesús Sierra de Ochoa, 1872-1949.*

Lety y yo aprendimos a restar de memoria, en el aire, para sacar las edades de los muertos. Así supimos la de la abuela, porque en vida nunca nos la quiso decir. Su tumba era un pequeño templo, con altar y cruz. En la lápida estaba escrito:

"*1880-1950, recuerdo de tus hijos y nietos*". Lety y yo jugábamos a decir misa en latín y a confesarnos frente al altarcito; yo siempre era el Padre. Lety se enojaba porque ella también quería confesar y decir misa, pero yo le explicaba que no podía porque era mujer. Ella se enojaba más y me gritaba: "*Vamos jugando un juego en que seamos iguales*". Yo no sabía qué contestarle, pues para mí no había diferencias. Lety no tenía miedo ni siquiera de que nos quedáramos hasta tarde en el panteón, para ver las luces fosforescentes que salían de las tumbas. Pero al poco tiempo Lety fue pareciéndose a otras niñas, dejaron de gustarle los sapos y ya no me ganaba a las vencidas; lo que seguíamos haciendo juntos era ir al panteón. Pero hasta eso fue cambiando. Lety se fijaba en cosas que antes no notaba; por ejemplo, en el Angel. Junto a la tumba de la abuela estaba la de una niña que, en lugar de cruz, tenía un ángel de piedra, vestido con una túnica de la cintura para abajo y una inscripción que decía: "*Recuerdo de sus papás*". La niña tenía al morir la edad de Lety y se llamaba como ella. Cuando Lety se dio cuenta me preguntó si yo creía que ella también iba a morirse. Estuvo pensando en la niña muerta, imaginándose cómo habría sido, si le habría dolido mucho. Después empezó a decir que si la niña no se hubiera muerto, ya sería grande y estaría casada. *¿A ti no te da miedo morirte y no llegar a ser grande?*, me preguntó, y luego me dijo, *¿jugamos a casarnos? ¿Ahorita?*, le contesté, y de repente sentí ganas de hacer pipí, nomás que no hice entre las tumbas, como otras veces, porque me dio vergüenza. *¿No te animas?*, me retó Lety. *¿Y si no nos morimos?*, le respondí. *¿Y si sí?*, me dijo con los ojos llenos de lágrimas. No la había visto llorar desde la muerte de la abuela, no debía hacerla llorar, no quería verla llorar; las ganas de hacer pipí eran más fuertes, dije *bueno*, lo más recio que pude.

Nos hincamos frente al altar, nos tomamos de la mano y nos dimos un beso en la boca, con los labios cerrados y los ojos abiertos. Las lágrimas de Lety me hacían cosquillas, la veía muy cerquita de mí y la sentía calientita, pero tenía las manos heladas. Mientras se las sobaba, Lety me dijo que ya no tenía miedo ni tristeza porque estábamos casados, y entonces cerró los ojos y abrió la boca. El suelo estaba muy frío, yo no podía aguantar las ganas de hacer pipí, afuera empezó a llover, no sabía que los calzones de las niñas fueran de piedra: duros y pesados. Lety me ayudó a bajárselos hasta las rodillas; se le salió un zapato y se le deshizo una trenza, pero no abrió los ojos hasta que dejó de llover.

Nos quedamos dentro del mausoleo un rato más, oyendo cómo, por alguna ranura, caía agua adentro de la fosa. ¿Se estaría mojando la abuela?

La última campanada

Las campanas. Otra vez las campanas. Tápeme los oídos, por el amor de Dios, que están tocando a duelo. Y cómo no van a tocar, si es Viernes Santo. ¿O no? Sí, es Viernes Santo y usted apenas puede caminar y yo apenas veo. Mejor que mejor, no verla a usted. No verla así como está, tan vieja, tan sin restos de usted. Sí, qué más quisiera yo, no verla, pero la veo, sí. Y no me mire de ese modo, ya sé que me estoy muriendo y que usted teme por usted, ¿por qué no lo confiesa? ¿Será porque no tiene con quién? ¿Será porque soy el único sacerdote de por aquí? Ande, hágalo, que si me muero se quedará sin absolver y quién sabe. Quién sabe cuánto más aguante. No mucho. No, nada más mírese. Mírese nada más y verá que esa carne que le pica no tarda en pudrirse. Déle gracias a Dios de no aguantar las comezones, mientras se rasque es que aún está viva. Si no fuera por eso no habría manera de que lo supiera. Tan descarnada está, tan puro hueso y pestilencia. Vieja cochina, cochina... ¿por qué llegó a serlo? Ese es su peor pecado, ése no se lo perdonaré. Que me haya dado su carne cuando ya no servía para maldita sea la cosa. Sí, no se me quede viendo, y que yo, como ave de carroña, me haya saciado en ella. Dos viejos, los dos con naguas, los dos de luto, los dos con las carnes fétidas. Acomodándonos como podíamos uno en otro, en la misma sacristía, entre cirios y veladoras, sin decir nada, sin apenas disfrutar, ¿se acuerda? Cómo no se va a acordar de la sangre que derramó por primera vez a los sesenta años, esa sangre que yo hubiera consagrado en su mismo cáliz cuando estaba fresca y que tuve que beber hasta las heces cuando se nos acabó la voluntad. Cuando usted y yo nos dimos cuenta de que nos íbamos quedando solos en este pueblo y de que Dios ni volteaba a vernos.

Era Viernes Santo, como hoy. Y como hoy usted me veía con esa misma mirada, de arriba abajo, como si usted fuera el mismísimo Dios. Pero le gustó, yo lo sé. Desde ese día le gustó mi trato, el mismo que le daba a las bestias, las únicas con las que usted podía ya competir en este pueblo. Las gallinas no resistían mi fuerza, amanecían destripadas en el gallinero. Usted no, usted amanecía igual que siempre y entraba al templo y se acercaba a comulgar igual que siempre, y yo le ofrecía el cuerpo de Cristo y usted lo aceptaba como aceptaba el mío, como una ofrenda. Una ofrenda guardada por tanto tiempo que ya no era más que venganza. Le demostré que usted no era la que usted creía, que era igual que cualquier hembra y servía para lo mismo. No, ni para eso, porque ellas tienen crías y usted sólo comezones. Dicen que la comezón da por traer la sangre caliente y ya era tarde para enfriársela a usted. Sí, cuánto año perdido, y todo por las malditas alas.

No se agache, ahora sí quiero que me vea y me diga dónde dejó sus alas, aquéllas que le ponían para salir de angelito en los nacimientos. Aquéllas que la llevaron a volar tan alto que nadie la alcanzaba, menos yo, que no era más que el sacristán que había sido monaguillo y que por su culpa acabé vistiendo sotana. Negra. Sotana negra. Para estar más cerca de usted, de usted, que cambió sus alas por la túnica celeste de María y arrulló en sus brazos un niño de pasta con caireles rubios y ojos de vidrio, hasta que se hizo vieja.

Nadie quiere a una virgen vieja porque cuesta trabajo penetrarla. Pero usted no se quejó nunca de eso. Se quejaba de que yo no era señor cura, como si fuera más pecado pecar conmigo por ser un pobre sacerdote de pueblo. Del mismo pueblo en que nacimos los dos hace setenta años. Usted hubiera querido irse lejos, allá donde hay obispos y cardenales, pero sus alas no le sirvieron más que para ir de su casa al templo y del templo a su casa, como hija de María. Como hija de puta, así fue como acabó. Igual que yo. Predicando de día, fornicando de noche; confesando de noche, fornicando de día; perdonando de día y condenándome de noche. Y ahora ¿qué espera?, ¿que la absuelva porque ya no va a tener con quién pecar? Eso quisiera, sí. Y de las comezones ¿quién la va a absolver? Si se arrepiente ¿va a dejar de apestar? No, yo no puedo absolverle esos pecados. Ni usted misma puede perdonarse el haber guardado las alas para siempre. El haber cambiado la corona de flores por ese chongo ralo; las manos angelicales por ésas, temblorosas y manchadas; las sandalias, por chanclas que ni a zapatos llegan; el manto, por ese chal que le tapa los muñones de donde le salían las alas. Usted y yo sabemos que no hay arrepentimiento que valga para esas culpas. Pero, si quiere, tráigame la estola, hínquese y no me diga nada, que estoy cansado.

María Elena

Mis manos tuvieron la culpa, nunca supe si eran demasiado grandes o pequeñas. Parecían cambiar de tamaño al revés de lo que yo quería. En el piano no alcanzaba una octava, pero los guantes me apretaban siempre; si agarraba un vaso, se me caía, si saludaba a alguien, lo lastimaba. Todos empezaron a darme manotazos por culpa de ellas. La mano de mi papá me aplastaba la coronilla; la del profesor se estampaba sobre mi cara, pintándome sus dedos gordos y groseros a cada lado. Manirroto, manisuelto, maniático, me gritaban, antes de decirme amanerado. Yo escondía las manos debajo de las mangas, en las bolsas de los sacos, de los pantalones. Prefería los pantalones amplios, con bolsas grandes, que me permitieran mover los dedos sin que se notara. En la oscuridad mis manos se hacían hábiles, adquirían el tamaño ideal para hacerme olvidar de los adultos, quienes dejaron de molestarme por un tiempo, hasta que mamá me sorprendió.

Mamá olía a jabón Maja, de la cabeza a los pies. Me gustaba verla descalza, contarle los dedos. Eran tan finos, que el chiquito casi no se le notaba. Cuando se ponía las medias estiraba las piernas como si fuera a bailar y subía poco a poco la tela por el tobillo, por la pantorrilla. A veces la bajaba, para volverla a subir, despacito. De noche hacía lo contrario; introducía sus manos bajo la falda y comenzaba el descenso de la piel transparente, que dejaba al descubierto la otra piel, tan sedosa como la primera. Luego, descalza, mamá caminaba hasta el lavabo, sumergía las medias en espuma y después de enjuagarlas, las secaba con una toalla como si fueran sus piernas verdaderas. Al terminar, las manos de mamá pasaban a otras faenas: se ponían crema una a la otra, dedo por dedo; se limaban las uñas, guardaban sus anillos en un cofrecito y, por último, me daban la bendición, antes de acostarme. Yo besaba su dedo pulgar y la veía alejarse enseguida. Sólo el dedo pulgar... Muchas veces me quedaba despierto, esperando que mamá pasara a su cuarto, para ver sus manos a través de la puerta entreabierta. Tenía las manos y los pies más bonitos que he conocido. Si me hubiera pegado estoy seguro de que no me habría dolido, me hubiera gustado que lo hiciera para probar si sus manos eran de verdad, pero en lugar de eso, cuando me vio mover los dedos bajo el pantalón, gritó: *¿Qué haces?* En mis manos no cabía el placer y no pude contestarle. Mamá se hizo vieja de repente y perdió su fragancia. Me obligó a lavarme las manos con vinagre, lejía y petróleo y les prendió fuego. "*Cómo te atreves a comer y persignarte con las mismas manos con que ofendes a Dios*", dijo, vendándomelas para que no se viera lo quemado.

No pude volver a escribir ni a tocar el piano, los dedos me quedaron arriscados, como garras. Comencé a arañar la tierra, primero poquito, separando los pedruscos de las hierbas, alisándola con el dorso para dejarla suavecita y poder besarla, sentirla tibia entre mis labios; o fría y mojada si llovía. Amasarla entonces con mis dedos curvos y hacer montoncitos por donde subían y bajaban las hormigas. A veces, acostado sobre la tierra apisonada, soñaba con el piano, tan negro, tan callado; en aquellas octavas que nunca pude alcanzar; en la carne insensible escondida entre mis piernas y, de coraje, me llenaba las manos de boñiga, con la que abonaban el pasto, y se la llevaba a mi madre. Le ofrecía todo el estiércol que podían agarrar mis manos deformes. Levantaba los brazos hacia ella, que me miraba desde su fotografía con el mismo desdén que yo.

Sí, le hice un altar cuando murió. En un rincón del jardín enterré sus anillos y pulseras. Con mis garras hice un hoyo no muy profundo, para poder sacarlos cuando quisiera. Me sentía feliz de verlos en mis dedos, aunque no pudiera colocármelos más que en la primera falange. Una vez logré empujar un anillo más abajo y se quedó atorado. Tuve que cortarme el dedo para que no se gangrenara. Nadie lo notó.

Adentro de la tierra está calentito, huele a limo, a huellas, a tesoros perdidos. Por eso sepulté mis manos. Al principio sentía el ir y venir de los habitantes subterráneos, el piquete de alguna hormiga. Resistí sin moverme, sin dar explicaciones a los que pasaban.

Pronto seré libre, con la lluvia he echado raíces y tendré unas manos nuevas, iguales a las de mamá cuando era joven. Podré bendecirme cada noche, ponerme sus anillos y pulseras; podré tocar el piano como ella y escribir su nombre: *María Elena.*

22 de abril

Todo estaba bajo control: en la calle de Gante un gato y una gata se apareaban debajo de un árbol; en la Cruz Roja las gasas esterilizadas estaban en orden, así como las férulas, las jeringas, los apósitos; en Puerto Vallarta, los hijos de Quique jugaban al tenis; en Guadalajara, el "Pelón" y el "Lagarto" jugaban a las canicas en una banqueta de la calle de Gante; debajo de la cama de doña Cruz, la bacinica de la noche anterior estaba a punto de derramarse; arriba de la cama, Lola y Ramón se acariciaban...

En Puerto Vallarta, Quique, el alcalde tapatío, sintió calor a las diez de la mañana del 22 de abril de 1992 y ordenó abrir la ventana del cuarto; en la calle de Gante, en Guadalajara, Martina González también sintió calor y abrió la ventana de su cuarto, personalmente, porque no tenía a quién ordenárselo. Lo que vio Quique fue el mar azul y oro; Martina González no vio nada. A Quique le dolió la cabeza a las diez once y pidió un *Alka Seltzer*; a Martina le dolieron la cabeza, los brazos y las piernas, pero el dolor sólo le duró un minuto. A Quique, en cambio, no le hizo efecto el *Alka Seltzer* hasta media hora después de que Martina había muerto.

El jefe de bomberos maldijo cuando supo del estallido; Quique también. El primero tenía veinte años en su puesto y sabía lo que ocurría; el segundo tenía veinte días y no tenía ni idea. El Presidente de la República recibió una llamada telefónica informándole de los hechos ocurridos en Guadalajara; en Guadalajara María Elena Cortés y Rosa María López se quedaron a media conversación telefónica. María Elena se encontraba en el Sector Reforma y Rosa María en el Juárez; ésta última nunca supo si aquélla iba a tener un hijo de Francisco o de Ernesto. De palacio notificaron a Quique que era requerido urgentemente en su puesto; lo mismo les dijeron a los señores de Pemex y del SIAPA, quienes empezaron a echarse la culpa unos a otros: "*¿Por qué no le avisaste al jefe? ¿A cuál? No te hagas. Tú te callas y no sabes nada, la culpa la tiene la aceitera. Pero si la gente se dio cuenta de que era gasolina. Tú te montas en tu macho y no hay quién te haga hablar, hay que proteger al licenciado. ¿Y a mí quién me protege? Tú ya te jodiste, igual que yo; a ver cuánto nos toca por guardar silencio. ¿Y a poco crees que la gente se la va a tragar? Eso es lo malo, que la gente está encabronada contra el licenciado, piden su cabeza. Pues que agarren un chivo expiatorio para calmar los ánimos. Parece que ya lo agarraron, pero no basta. Oye, y a lo macho ¿no fue sabotaje?*"

El Presidente de la República llegó en su avión a Guadalajara a la hora en que Jesús Torres llegó al Centro Médico en una ambulancia. El señor Presidente preguntó cómo habían sucedido las cosas; Jesús Torres no pudo explicárselo aunque él había visto todo desde el primer estallido, que fue el que mató a su mujer y a sus hijos; vio correr a la gente sin dirección, gritando y pidiendo auxilio; vio también caerse las casas y volar los coches como si fueran de juguete; olió la gasolina que salió de las alcantarillas y oyó decir a un niño que estaba muriéndose: "*mamá, ¿dónde estás?*"; se escuchó decir a sí mismo: "*méndigos, si nos hubieran avisado*"; y luego se vio caer al suelo y se sintió ahogar con el polvo que le entraba por la nariz. Lo encontraron con las manos encajadas en la tierra, como queriendo echar raíces, pero no echó, por eso no pudo contarle al señor Presidente cómo habían sucedido los hechos.

El Presidente no entendió por qué, cuando explotaron las calles y volaron autobuses, cuchillos, mamilas, camas, mesas, jaulas con canarios, ollas, zapatos, ilusiones, odios, libros y sillas, no volaron gobernadores. El Presidente de la República quiso saber qué tenían los gobernadores de Jalisco que eran invulnerables y nombró una comisión que todavía lo está estudiando.

Esa noche del 22 de abril, miles de voluntarios removieron los escombros con la esperanza de encontrar sobrevivientes; igual lo hicieron los partidarios de Quique, pero ni unos ni otros lograron rescatar a nadie de las vacaciones de semana de Pascua. La culpa fue del clero por haber inventado los días festivos que tanto gustan a nuestros gobernantes ateos. Veinticuatro horas atrás los vecinos de la calle de Aldama, del barrio de Analco, de la colonia Atlas, de la Nogalera, de la colonia Alamo Industrial, y otros, que no eran vecinos y que sólo pasaban por ahí, no sabían que iban a salir en la televisión y que hasta en Francia y Alemania iban a conocerlos, vía satélite; ni tampoco supieron que vía negligencia iban a aparecer en las listas de muertos, heridos y desaparecidos. Los que sí sabían eran los peritos y los bomberos que hicieron las mediciones, pero la información se atoró ahí porque no había cabezas que dieran órdenes. Y es que Guadalajara es acéfala, lo único que le creció es la barriga. Se ha convertido en una puta madrota, devoradora de sus propios hijos. En eso ha terminado por haber ingerido gasolina, narcóticos, demagogia y corrupción para celebrar sus cuatrocientos cincuenta años. En el cumpleaños hubo piñatas y los soldados jugaron a *Doña Blanca está cubierta con pilares de oro y plata*; agarrados de las manos acordonaron las calles, pero la muerte rompió un pilar y entró corriendo llevándose a los papás de unos niños y a los niños de otros papás, a las novias, a las abuelas, a las tías, que se estaban bañando, que se estaban peinando, que no alcanzaron a despedirse porque no sabían que ya se iban. Y se fueron juntos sin ponerse de acuerdo Lola y María, Trini, Chole, Cruz, don Cuco; los Ramírez, que eran tan buenos; los Ocampo, que Dios los perdone; los Macías, los López. Pero no se fueron los García de Quevedo, ni los De la Garza, ni los... "*Pobrecitos de los hijos de Sánchez, se los llevó la tiznada otra vez*", dijo mi primo. Ah, qué muchacho.

SEGUNDA PARTE

Las mamás, los pastores
y los hermeneutas

Encontrábase El Señor infinitamente aburrido en medio de la eternidad, preguntándose, por qué, según los teólogos, en El todo tenía que ser infinito: infinitamente misericordioso, infinitamente bueno, justo y bello y por lo tanto, aburrido por toda la eternidad, que como El, no tenía principio ni fin.

En ese momento, como decíamos, El Señor se encontraba en medio de la eternidad gracias a que El es el único que puede calcular dónde es la mitad de algo que no tiene punta ni cabo. Una de sus diversiones preferidas es precisamente la de colocarse en medio, a la derecha o a la izquierda de la eternidad, desafiando las leyes de la lógica y la teología. Pues bien, en este estado concibió El Señor la idea que desde siempre había traído entre sus futuras ceja y ceja: crear el universo de la nada.

Como todos sabemos creó lo que tenía que crear: las estrellas, los planetas, y entre éstos escogió la Tierra para crear en ella la vida que conocemos. No se sabe si simultáneamente creó otro tipo de vida en otros planetas, ni otro tipo de planetas en otras galaxias y así sucesivamente. Nos contentamos con repetir que en la Tierra dividió las aguas, creó las plantas, los animales marinos, las aves.

Al crear las estrellas y los planetas con su exacto movimiento, creó la luz, es decir, el día y la noche y con ellos el tiempo, un ritmo. Dios se sintió infinitamente feliz e infinitamente triste: había fragmentado la eternidad y había creado la rutina.

Desde lo alto, aunque se supone que Dios está en el Cielo, en la Tierra y en todo lugar al mismo tiempo, para los efectos de este suceso conviene decir que "desde lo alto", Dios contempló su creación, aún sin el hombre. Funcionaba perfectamente, como una maqueta de trenes eléctricos: el sol se encendía puntual cuando la luna se metía, las aves cantaban, los árboles se pintaban de verde, los ríos de azul y toda la creación alababa al Señor, día tras día. Dios empezó a aburrirse de nuevo, conocía lo fácil que era llegar al aburrimiento infinito y sabía cuál era el remedio: crear el principio de contradicción. En El no podía existir porque era perfecto. Pero, no podemos asegurar que Dios haya pensado esto, pero de que era una buena idea, lo era. Y no sólo crear el principio de contradicción, sino que ésta creciera y se multiplicara para darle *jaque mate* al aburrimiento. Y Dios creó al primer hombre.

Bueno, hombre hombre no. No era tan fácil, pues Dios, en su infinita sabiduría sabe que la bondad es que la criatura sirva para aquello que es creada. En ese sentido, los pájaros sirven para volar, los peces para nadar y podríamos enumerar aquí todas las cualidades propias de las diversas criaturas. Pero, el hombre, supo Dios que sería capaz de volar, nadar, correr, rezar, tocar piano, violín, trompeta; sembrar y cosechar, reír, cantar, pintar, esculpir, aliviar y realizar todos los verbos de cualquier lengua.

Será mejor que empiece poco a poco, debió decir El Señor, que no iba a lanzar a un hombre adulto, sin experiencia, a hacer el ridículo ante las demás criaturas, siendo, como estaba destinado a ser, el amo de la creación. Sacó pues El Señor de la nada, a un niño recién nacido, al que llamó Adán. El niño tenía todo lo necesario para llegar a ser médico, artista, sacerdote, alpinista, y hasta licenciado, pero en germen. Por ahora sus manecitas no servían más que para que Dios se maravillara con las pequeñas falanges de los dedos, las rosadas uñitas, la fuerza con que podrían agarrarle un dedo a Dios, si lo hubiera tenido. El Señor también estaba feliz de ver los ojitos cerrados que aún no aprendían a mirar; las piernitas regordetas que recorrerían el mundo algún día; el pequeño sexo que procrearía a la humanidad y que en ese momento lanzó un chorrito que por poco moja al Señor, si no fuera espíritu puro. Entonces fue cuando Adán comenzó a llorar y El Señor, con todo y ser El, no supo qué hacer. *Cómo no se me ocurrió crear primero a la mamá*, dijo. Pero designios son designios. De pronto encontró la solución, la misma que aplicaría años después a Rómulo y Remo: una loba. Cerca de ahí, una loba había parido lobitos. El Señor lamentó no tener brazos con qué cargar a Adancito para colocarlo entre los cachorros, pero en cambio ordenó a la loba ir con el niño. La loba hizo lo que El Señor le indicó y Adán se alimentó de la misma leche de los lobeznos, lo que lo haría tan fuerte y ágil como ellos.

Contento, El Señor se dijo: *Pasó la primera prueba*.

Los lobitos aprendieron a correr y cazar, mientras Adán seguía siendo un bebé sin dientes. *No esperaba esto*, dijo El Señor, viendo al niño crecer tan lentamente. *Tal vez*, se dijo, *le hace falta otro ser de su especie, juntos se desarrollarán mejor, como los lobeznos*. Y para que su obra fuera de mayor utilidad, El Señor decidió crear la hembra.

Dios volvió a maravillarse con las mismas cosas, pero ahora más delicadas, más suaves. Y supo que había creado el eterno femenino.

Dios creyó que todo estaba arreglado, el proceso sería el mismo: la loba amamantaría a la niña, la cobijaría y... no contaba con que la niña tenía su carácter: no le gustaba la leche de loba. *Una oveja*, dijo El Señor, en su prisa por callar a Evita, nombre que tenía pensado desde toda la eternidad para ella. El Señor ordenó a la oveja que se echara junto a la niña. Apenas se acercó aquélla, cuando la loba se le fue encima. *Qué hice*, dijo El Señor agobiado con los llantos de los dos

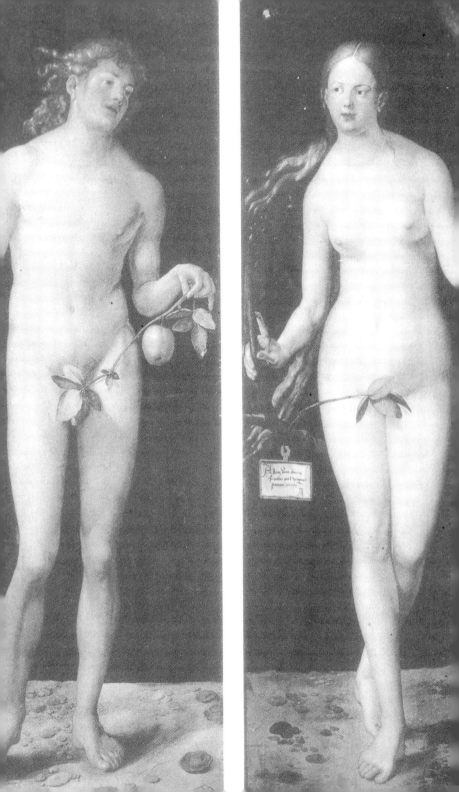

niños y sin poder castigar a la loba, pues estaba en su naturaleza atacar a las ovejas y no podía ir contra ella. Además, en el futuro, los niños leerían en los libros de cuentos que los lobos atacaban a las ovejas y no iba a ser El quien los confundiera. Rápidamente creó El Señor un bosque alrededor de la loba y dejó a los niños en el prado con la oveja. Pensó el Señor: *tiene que haber pastores que cuiden a las ovejas.*

Con todo, la elección fue buena, la leche de la oveja le dio algo de mansedumbre a Eva y su lana la protegió del frío. El Señor habría lanzado un suspiro de alivio, si hubiera tenido nariz para hacerlo, pero aún no llegaba su momento.

Los niños comenzaron a gatear bajo la mirada llena de ternura del Señor, que los veía aplastar la hierba de la pradera, tratando de alcanzarse. Como todos los padres, Dios se preocupaba de que se lastimaran o se echaran a la boca alguna piedrecilla, y como todos los padres, Dios no pudo hacer nada, más que dejarlos aprender por sí solos lo que hace daño. Eva demostraba su habilidad para obtener lo que quería. Encontraba antes que Adán las frutillas silvestres más dulces, la fuente de agua más cristalina, la sombra más protectora. Para consolarse, Adancito se chupaba el dedo. *Estos niños*, decía Dios complacido, deseando tener manos para tomar con ellas las de sus pequeños y enseñarlos a caminar.

La primera en erguirse sobre sus pies fue Eva. Contra todas las teorías de antropólogos e historiadores, no anduvo en cuatro patas como los primates, más que el tiempo que necesita cualquier bebé para aprender a levantarse. Aunque apenas tenía un año, Eva vio por primera vez el paisaje en sus tres dimensiones y no lo olvidaría jamás.

Desde el suelo, Adán la veía como se ve al sol o a una montaña. Trató de incorporarse varias veces y otras tantas cayó. Sintió miedo y prefirió seguir a Eva gateando por el Paraíso.

El tampoco olvidaría esa ocasión. *Estos niños*, decía El Señor, *¿cuándo comenzarán a hablar?*

Hablar y pensar son todo uno, por lo tanto, mientras Eva imitaba el croar de las ranas o el canto de los ruiseñores, Adán se dedicó a observar las cosas y a bautizarlas. Eva repetía lo que él decía: *a-gua, lo-bo, ár-bol...* Durante años jugaron a darle nombre a las cosas, así fueron creciendo.

A Eva le gustaban mucho las manzanas, pero no sabía cómo pedirlas, hasta que Adán le dijo que se llamarían *manzanas. Man-za-nas, man-za-nas*, repitió ella varias veces, visualizando la forma redonda y roja, la carne crujiente y jugosa, las pequeñas semillas del centro de la manzana. Adán se quedó esperando que ella le preguntara por qué manzanas y no peras o chabacanos, pero Eva sólo pensaba en el agridulce sabor de la fruta y en la insinuante forma de corazón que quedaba después de comerla.

Desde la primera vez que Adán conoció el miedo, la sensación de entumecimiento de las piernas, temblor en los labios y deseos de huir, se habían repetido muchas veces. En especial cuando no podía explicarse por qué se ponía el sol, por qué la luna no aparecía algunas noches, por qué Eva estaba cada día más bonita. Y ahora sentía algo que aún no tenía nombre. Quizá le llamaría coraje, o envidia o... amor. ¿Serían tres cosas distintas? Porque él las sentía juntas, y sin dejar de sentir miedo.

Adán trataba de distinguir si tenía miedo de él o de ella y así fue como descubrió el tú y el yo. Corrió a decírselo a Eva: *Eva, tú eres tú y yo soy yo. No*, decía ella señalándose con el dedo: *Eva. Sí*, le explicaba él, *Eva y tú, son lo mismo.* Eva lo oyó hablar sin escucharlo, su vista seguía el rastro de una oruga, luego soltó la risa y fue a cortar una manzana. Adán la vio darle una mordida y otra y otra más, vio cómo le resba-

laba el jugo por las comisuras de la boca y cómo le brillaban
los ojos al saborearla. Adán agachó la cabeza y se sintió solo.

Dios estaba solo, tan solo como antes de la creación. Era tan
grande y sus criaturas tan pequeñas, que no eran compañía
para El. Y ahora resultaba que no sólo El estaba solo, sino
también Adán, que era un niño taciturno. Nunca jugaba con
las ardillas, ni a mojarse en los charcos, ni a subirse a los árboles, como Eva, esa niña de cabellos rubios y piel nacarada.
Adán era larguirucho y flaco y con más recovecos que un
caracol, pensaba El Señor, deseando tener una cabeza que ras-
carse o una barba que mesarse por la preocupación, mas no
tenía la una ni la otra, su única opción era esperar a que Adán
encontrara la manera de no sentirse tan solo como El.

Adán seguía haciéndose preguntas, veía a los animales
nacer de una hembra, aun las aves tenían una hembra que
empollaba los huevos, pero él no recordaba a nadie que lo
hubiera cuidado o mimado. No sabía cómo había llegado al
Paraíso, y si no sabía eso, tampoco sabía para qué había sido
puesto ahí y por quién. Eva seguramente no había pensado en
ello, pero parecía tener la solución, parecía haber sido puesta
ahí para él. Eran muy semejantes, pero no iguales. ¿Qué tenía
que hacer él con ella? Si tuviera a quién preguntarle... Sí, tenía
que haber alguien más grande, más sabio, más fuerte, que
contestara sus preguntas. ¿Qué nombre podría darle? Adán
pensó y pensó y de pronto su boca se abrió para exclamar:
Padre. Dios estaba en medio de la eternidad, como al principio, pero alcanzó a oír la voz de Adán que gritaba: *Padre,
Padre*. El Señor sintió que una lágrima le corría por la mejilla
que no tenía y contestó: *Dime, hijo*.

Su voz retumbó tan fuerte que Adán corrió a ocultarse a
una cueva. El Señor también se sorprendió. *Tengo que medir
mis emociones*, se dijo y, como queriendo disculparse consigo
mismo, añadió: *Es la primera vez que me dicen Padre*.

Eva había cumplido doce años sin dejar de corretear conejos y tumbar panales de abejas. Los manzanos apenas tenían una que otra esfera roja suspendida de sus ramas. Sin embargo, las aguas del río reflejaban la silueta de Eva de manera distinta. Adán la veía de lejos y cada día hablaban menos. Adán seguía sintiendo miedo, a pesar de que El Señor le había contestado aquella ocasión y muchas más. El le preguntaba *¿qué quieres de mí?* La misma pregunta le hacía a Eva, en sueños, y ella la contestaba a través de su cuerpo. El despertaba entonces sudando, con el corazón atropellado y un dolor en el pene, que se calmaba hasta que iba a orinar, una orina diferente, más espesa, más blanca.

El Señor, desde la eternidad, lo veía preocupado. *No temas, pequeño, es natural*, hubiera querido decirle, pero Adán siempre se asustaba al oír la voz de Dios que provocaba cataclismos y derrumbaba montañas.

Eva también estaba asustada. Ese día la sangre había corrido por sus piernas sin que tuviera cortada alguna y sus pechos de niña estaban inflamados como dos pequeñas limas, de ésas que tanto le gustaban a Adán. Ella nunca había hablado con El Señor porque no tenía dudas, había visto aparearse a las ovejas, a los gatos, a las gallinas y presentía que algún día iba a hacer lo mismo, con el único que podía hacerlo. Y supo que entre todas las palabras que había inventado Adán, no había una que designara lo que ella sería: *Madre*.

El Señor desvió su mirada de Adán y vio a Eva como una manzana madura, brillante; adivinó las semillas que guardaba en su interior y comprendió que había dejado de ser niña. El Señor se turbó ante la bella púber, "*ésas son cosas de mujeres*", dijo, y dirigió su mirada para otro lado.

Dios sabía que se había adelantado a la historia oficial, lo que estaba pasando no estaría consignado en el Génesis, tendría que hacer algo para que la versión oficialista coincidiera con la realidad, sin borrar los primeros pasos de Adán, el día en que Eva se cayó del árbol del bien y del mal, haciéndose un chichón en la cabeza, las dudas del niño, sus temores... y ahora esto, el despertar de la fecundidad. Dios sabía también que estaba próxima la expulsión del Paraíso y se alegró, no porque sus hijos fueran a sufrir, sino porque El tendría la oportunidad de redimirlos haciéndose hombre, y al hacerlo tendría manos y boca, podría comerse una manzana, subirse a un árbol, llorar de verdad.

Eva encaminó sus pasos hacia su destino. Adán la vio venir y se sintió amenazado con su presencia. *Es una mujer*, dijo, *y yo un hombre*. Comprendió entonces su misión en este mundo y se sintió enfermo. No lo estaba, pues todos sabemos que en el Paraíso no existía la enfermedad, pero el resultado era el mismo. Eva se detuvo frente a él, y despacito, muy despacito, se fue hincando, hasta que su boca quedó a la altura del vientre masculino. Adán creía tener el estómago revuelto y no pensaba más que en procurarse un remedio para el mareo, por lo que se dio media vuelta y dejó a Eva postrada, en actitud de oración. "*No*", quiso gritar El Señor, que los veía desde la eternidad, "*tienes que seducirlo, síguelo*". Pero no alcanzó a hacerlo. No había dado tres pasos Adán, cuando El Señor lo vio detenerse y volver la cabeza hacia Eva, que lo estaba esperando con una manzana en la boca. Adán tragó saliva, miró hacia todos lados y de un paso llegó hasta ella: *¿me das una mordida...?*

Ah, el amor, dijo El Señor, mas en su infinita prevención, añadió: *Es menester crear a los hermeneutas para que vengan a explicarnos lo de la manzana* y, dicho esto, discretamente posó su vista en una pareja de ruiseñores que iba pasando.

Farsa en un acto

Alberto caminaba solo, con las manos balanceándose a sus costados, ni demasiado rígidas, ni sueltas, con la tensión necesaria para darle cierta seguridad. Se dirigía a un teatro al extremo opuesto de Guadalajara, cuando su casa estaba en sentido contrario. Siempre fue igual, era como si caminara para atrás o fuera llevado por alguien contra su voluntad. Sin embargo, no tenía a quién echarle la culpa. Y seguía avanzando. Miraba sus pies a intervalos, estaba seguro de que podrían seguir andando sin él, sentía deseos de bajarse de ellos, de dejarlos ir con un: hasta aquí, y hacerse a un lado del camino con su pequeño cuerpo a cuestas. ¿Dónde tendría exactamente el alma?, se preguntó, divisando el primero de los semáforos de la avenida López Mateos, que lo incitaba a detenerse. El rojo a media calle era una invitación a dejarse arrollar por los automóviles, una alternativa para no seguir adelante por aquella ciudad que había crecido orgánicamente. Aquí y allá parecían surgir ojos y bocas. Ojos que parpadeaban y bocas que reían de todo. Y también manos extendidas que jalaban al pasar junto a ellas; y piernas abiertas, con el sexo escondido, en cada esquina. Era difícil salir a la calle sintiendo a cada paso una mirada, una risa, una mano encima.

Alberto continuó caminando rumbo al teatro sin descubrir la ubicación de su alma dentro de él. ¿La habría dejado olvidada en alguno de sus setenta años? Había llegado a la ciudad cuando aún era tan pequeña que no cabían secretos en ella. Se paseaba sin peligro por las calles, los vecinos se conocían y se saludaban y él no era uno más, como hoy. Bah, la historia de su vida se la había contado tantas veces que ya no lo conmovía. Ahora ya no le importaba recordar su llegada, ni siquiera a dónde iba, y si no le importaba a él, a nadie iba a importarle. ¿Por qué tenía que importarle a alguien su pantalón fajado arriba de la cintura y sus hombros caídos, señal de decadencia? Pero, ¿acaso alguna vez fue distinto? No, y si otros no lo sabían, él sí. Todos sus orgullos eran su tez blanca y su nariz recta, aunque su hija era morena. Ni eso pudo conservar, su herencia, pensó Alberto, recordando la carita morena de la niña, al nacer, su desilusión de que fuera hembra y su posterior remordimiento que se tornó en adoración. Pero ahí estaba otro semáforo interponiéndose en su camino, borrando a Adriana, su hija, de su mente, para poner en su lugar a Sarah, la mujer de teatro, que lo esperaba en el extremo opuesto de la ciudad, con su pelo rubio y su risa tan falsa como el color de su cabello, que él fingía ignorar. Sus mentiras le eran necesarias para sentirse mejor. Mejor de lo que era, un frustrado. Gracias a ellas podía revivir impunemente sus pequeñas mezquindades y traiciones. Traiciones a sí mismo, pensaba Alberto.

El semáforo cambió al verde permitiéndole a Alberto retroceder al momento en que conoció a Sarah. Aún vivía Martha, su esposa, a la que Adriana se parecía más que a él...

La mujer del pelo rubio lo había saludado con un "*maestro*", y él resbaló una sonrisa de su paladar a sus labios. *Encantado*, contestó. Las palabras salieron de su boca con la debida entonación, ni graves ni agudas. Se sintió en un bimbalete: ni-ni. Nada de definiciones. No entendía cómo sería su muerte si su vida era a medias. La rubia le llevó un café en una taza exquisita, de las que a él le gustaban; el café un poco insípido, pero la taza exquisita, lástima que la taza no se bebiera. No, no podía vencer su inclinación a las incongruencias. ¿Acaso alguien podía?, se preguntaba Alberto midiendo la distancia que lo separaba del teatro. No iba ni a la mitad del camino y ya se sentía cansado. Una incongruencia, sí, haberse dejado seducir por Sarah, el tipo de mujer que más despreciaba, opuesta a Martha.

En el extremo de la ciudad, opuesto al opuesto, Adriana secaba su pelo largo, lacio, suelto. Pasaba la secadora de arriba abajo levantando una cortina ámbar. Cuando terminó dejó caer la secadora, que quedó colgando del cable.

Adriana se sentía traicionada por Alberto, era una sensación concreta, localizada en el aparato respiratorio, que la delataba con un suspiro de cuando en cuando. En esa ciudad tan grande no había espacio para la amante de su padre. Se lo había gritado en la cara y él no supo qué decir. Era ridículo que a sus treinta años tuviera celos, pero la vida de su padre le dolía más que la muerte de su madre. El era lo único que le quedaba. Las manos de Adriana estaban apretadas, temía abrirlas, como si tuvieran algo valioso adentro que no quisieran soltar, pero estaban vacías. La rubia decía llamarse Sarah, con hache, quién sabe, bien podía llamarse Eulalia. En ella todo era una farsa, sólo su padre no se daba cuenta de que tenía la boca grande y los dientes afilados, hechos para decir mentiras. Aunque seguramente también para darle al pobre viejo, y a muchos otros, un poco de placer, por mínimo que fuera. En esta ciudad eso era suficiente.

Alberto no sabía dónde terminaba él y empezaba la ciudad, con sus bocinazos, sus agujeros en las calles, sus maricones en las esquinas. Esa ciudad que se había metido en su corazón llenándolo de baches, de basura. Sus pies se adherían a ese suelo que sería su lápida y cada vez le costaba más regresar al punto de partida..., Partida, de partir, no lo había descubierto hasta ahora: estaba partido en dos. De mañana dejaba la mitad de él en un lado y tenía que regresar a unirse con ella para no morir. Quizá en aquella mitad estaba su alma y la otra estaba vacía, a pesar de su opulencia desgastada. ¿No se había dado cuenta Sarah de que le faltaba algo cuando estaba con ella? No, no se daba, porque ella era igual. Cuando la abrazaba, sus manos se hundían en la nada. Ese era su atractivo, no sentir, y los hombres no podían aceptarlo, iba en contra de su orgullo y se hundían más y más en busca de la zona erógena de ella, que no existía. Le pasó a él, con su nariz recta y su tez blanca.

Una noche, después de hacer el amor, Sarah recogió de la almohada unos pelos de él, blancos. El se sintió disminuido hasta que encontró un pelo rubio, con la mitad blanca, enredado entre los suyos. La realidad lo absolvió, eso eran ellos. Sarah no era joven, a pesar de su estúpida sonrisa tenía el vello del pubis gris. Mas aún así era quince años menor que él, podía vanagloriarse de su conquista asexuada. Lo admitía, ella no era sino una mujer a medias, perfecta para un hombre a medias. El claxon de un coche lo hizo volverse: *¿A dónde va, maestro?, súbase*. Era Joaquín. Alberto no podía confesar a dónde iba. ¿Por qué tuvo que aparecerse Joaquín en su camino? *No te molestes, Joaquín, voy a media cuadra,* mintió. Y enseguida reflexionó: tenía que ser media, solamente.

Joaquín se había presentado solo: *Soy Joaquín Valladolid y escribo.* Tenía veinticinco años y algo de soberbia en el perfil, por lo demás era común. Alberto lo imaginó bien vestido, recibiendo el premio nacional de literatura, con un traje de casimir inglés que iba muy bien con su soberbia, de la que Alberto carecía. Le sobraba vanidad y le faltaba soberbia, el sello de los grandes. Sin ella no se puede ser artista. Joaquín había oído hablar de Sarah, la actriz, y quería conocerla, lo dijo sin titubeos. Sarah puso atención, Joaquín tenía la barbilla firme, el pelo rebelde y la voz sonora; él le extendió la mano y ella sintió un fuerte apretón en la suya. *Bienvenido*, dijo. Alberto se reconoció en Joaquín, era el mismo camino recorrido por cada aspirante a escritor, músico, actor. El mismo que él había recorrido cuarenta años atrás. Ahora le tocaba el turno a Joaquín.

Joaquín comenzó a asistir a las reuniones de Sarah, donde lo presentaba como la promesa en quien ella tenía puesta su fe; gracias a ella estaba avanzando rápidamente, ella lo iba a relacionar con las personas adecuadas, hasta que lo llevó a la cama y él descubrió la verdad: Sarah no pudo llegar al orgasmo. ¿Cómo podía haber excitado a esa mujer de espuma?

Exacto, esa era la palabra, pensó Alberto, cuando Joaquín se lo confesó, sin imaginarse que el "maestro" era el amante en turno de Sarah. *No te preocupes*, le dijo Alberto, con una seguridad que no sentía, *la virilidad no es importante en esta ciudad ni en ninguna, pero en ésta menos. Hay otras formas de hacer el amor.*

Alberto estaba convencido de todo lo que Joaquín le había dicho y no iba a subirse en su coche. Prefería seguir su camino solo, pisando los últimos rayos de sol. El sol, como en aquel sueño...

El sol se metía entre las piernas de Sarah iluminando su sexo. Alberto observó que no había nada. Sarah no tenía sexo. Era como esas muñecas a las que se les bajan los calzones y no tienen nada debajo. Alberto despertó de golpe, pero continuó soñando despierto. Comenzó a recrear su sueño dirigiéndolo hacia otras partes del cuerpo de Sarah, hacia su corazón, hacia sus manos; estaban huecas, invertebradas. Qué diferencia con las de Martha.

No podía perdonarle a Martha que se hubiera muerto dejándolo como a un idiota en medio de la vida, sin saber a dónde ir. Martha, con la que había hecho planes para la vejez, lo dejó abandonado conociendo su debilidad. ¿Lo habría hecho a propósito? Era algo sadomasoquista, pero él así la amaba, con un amor ridículo que él mismo se avergonzaba de sentir. Y ella también lo quiso a su manera, estaba seguro.

Cuando la vio inmóvil en la caja de metal, le pareció extraña, como si nunca la hubiera tenido a su lado, como si no la conociera. Tuvo que hacer un esfuerzo para llevar a su memoria su voz, sus gestos, la mirada nerviosa y el cuerpo tenso de ella, hasta poco antes de que se enfermara. Los meses que siguieron la transformaron, él se sintió solo y empezó a odiarla. Tendría que vivir el resto de su vida sin ella, arreglándoselas como pudiera y finalmente moriría sin nadie a quién hacerle falta, como ella a él. Aunque hubo algo positivo, Martha ya no iba a reprocharle nunca su falta de ambición. Incluso, tal vez se fue pensando que estaba equivocada y que él pronto alcanzaría lo que ella tanto deseaba, la culminación de su carrera. Era un buen músico, le decía Martha, se había ganado el respeto de sus compañeros, ya le llamaba "maestro" aquella rubia llegada de la capital; nada más le faltaba dar el paso, ése con el que se deja atrás a todos, ése que ponía distancia entre los triunfadores y los fracasados. Ese.

Cuando ella hablaba así, él sabía que los próximos días sus reproches irían en aumento hasta que le restregara su desprecio en la cara, y entonces los dos se daban cuenta de que se necesitaban, aunque nada más fuera para seguir humillándose. Y se perdonaban. ¿No era eso amor?

Sarah organizaba lo mejor que podía los encuentros con el "maestro". Su habilidad innata para unir los opuestos le permitía darse importancia por medio de esa relación. Alberto había cedido y el grupúsculo que la rodeaba lo sabía. Su amante, por serlo, la elevaba al rango de él. Al de aquellos intelectuales rancios que perduraban en la ciudad, viviendo de un prestigio ganado a base de no morirse.

Los jóvenes miraban hacia fuera de esa ciudad asfixiante donde todo debía tener una etiqueta y una fecha de caducidad, más allá de la cual no se podía seguir circulando libremente. Pendejos, pero inevitables, la *petite* mafia, el club de admiradores mutuos. Joaquín luchaba por no caer en su trampa. Su sueño era lanzarse al vacío con sus libros como único paracaídas, si sobrevivía, habría triunfado.

Cuando asistía a una de esa reuniones a las que lo invitaba Sarah, lo primero que buscaba era un lugar cerca de la salida, para huir. Sentía peligro entre aquella concurrencia toda sonrisas: *¿Así que estás escribiendo un libro, Joaquincito?*, le decía Carmen, aniquilándolo con el tono de su voz. *Dicen que te ha ido muy bien*, continuaba Jorge en el mismo tono. Hablaban igual. Los imaginaba de cartón.

No aguantaba más aquella vida de apariencias contrarias. Pero, ¿para qué lo habría citado Sarah en el teatro esa misma noche?, se preguntó Joaquín, recordando al "maestro". Qué bueno que no había aceptado que lo llevara, se le habría hecho tarde para su cita, y no podía decirle que iba con Sarah después de haberle confesado aquello. ¿Estaría también él cayendo en el juego de la mujer de espuma?

Juan se había ido, Agustín también, Herminio, Elías, Manuel... Alberto recordaba a los *triunfadores*, como les decía Martha. A los que no habían resistido las buenas costumbres de la ciudad. Del otro lado quedaron Arturo, Adalberto, los fieles a Guadalajara, ¿o serían los cobardes? Y se habían hecho viejos viendo caer las casonas de la avenida Vallarta, viendo construir edificios de vidrio, como invernaderos para humanos; plazas comerciales subterráneas en una ciudad donde nunca nieva. Las discotecas habían brotado como hongos y amenazaban con llenar la ciudad de droga. Todo era permitido con tal de que no hubiera escándalos. De vez en cuando se rompía la regla, pero aún entre los "liberales", como él, las apariencias engañaban. A él le gustaba dejarse engañar, era más cómodo para su conciencia, porque en el fondo la tenía, en el fondo temía a Dios, aunque fingiera incredulidad. Tal vez por eso le preocupaba la ubicación de su alma. Antes se le salía por los ojos, se colgaba de los balcones, se iba tras los pregones: *"Tieeerra pa'las macetas"*, *"Camooote tatemadooo"*... Ahora estaba escondida, ¿o sería que ya no había balcones ni pregones? Tenía razón Sarah, había que ser hombre de su tiempo. Pero, ¿cuál era su tiempo? Si estuviera Martha para que se lo dijera... Aunque ya era tarde, él nunca saldría de Guadalajara.

Alberto estaría por llegar. Sarah se puso un vestido nuevo, a sabiendas de que él no lo notaría. Cada vez estaba más deprimido, lo único que le alentaba era que ella le dijera "maestro". Estúpido, cómo se burlaba de él y de sus temores; que si era un artista, que si era buen amante... mejor que creyera que su indiferencia en la cama era culpa de él y no de ella. Sarah se acomodó los tirantes del brasier, estaba en esa edad en que el busto crece y las caderas se ensanchan; una edad con sus atractivos para los hombres y para ciertas mujeres... Quizá todavía fuera tiempo de sentir lo que era ser mujer, aunque no le importaba, para sus fines era suficiente con parecerlo. La fama de vampiresa le daba ese aire de mujer de mundo que tanto le gustaba. Desde que había llegado a esa ciudad empezó a destacar entre las pobres provincianas que la rodeaban. Nadie era tan brillante como ella para organizar grupos de señoras aburridas y tontas que se deslumbraban con su inteligencia, su encanto. La encarnación de la personalidad. Se había ganado un lugar en el mundillo cultural, por primera vez en su vida era el centro de algo, siempre había sido esquina... Hasta que llegó Martha y echó a perder su trabajo. Era la única que no creía en ella, que la veía del tamaño que era, que la ignoraba. Por eso ahora se desquitaba con su marido, el inútil de Alberto, que le añadió un toque de respetabilidad cuando su fama de mujer fatal estaba llegando a ser peligrosa en esa ciudad hipócrita. Afortunadamente, las cosas habían cambiado, Martha ya no estaba.

Sarah terminó de vestirse, sólo le faltaban las gárgaras. De un tiempo acá notaba un mal aliento en su boca que venía de lejos. Los gargarismos no servían de mucho. ¿Cómo iban a servir si cada año que pasaba perdía más las esperanzas de regresar a la capital? Creyó que era pan comido triunfar en provincia, ella que lo tenía todo, no había alcanzado lo que aspiraba en la capital, pero seguramente en esa ciudad del interior no tendría competencia. Qué equivocada estuvo, de la "divina Sarah" no quedaba sino el resentimiento de no poder volver, se había asimilado a esa maldita ciudad de ciegos, donde el tuerto era el rey. Lo único que tenían para no morir de frustración era la hipocresía. Ella se aprovechaba de eso, le divertía vivir en la decadencia, siempre y cuando arrastrara consigo a sus enemigos, que eran todos. Todos los fracasados como ella. Nadie saldría de ese pozo, debieran saberlo, pero no lo aceptaban, pensó Sarah, escupiendo el Astringosol en el suelo, seguido de una bocanada de bilis.

La suspicacia es una buena arma en esta ciudad, se dijo Adriana con toda la calma de que era capaz. Por desgracia su padre no tenía ni una pizca. La noche anterior le había servido nuevamente de pretexto a Sarah para ganarse la admiración de sus amigos. Alberto había consentido en participar, con Sarah, en una obra de teatro. Se lo dijo avergonzado. Aunque aparentara convicción, Adriana sabía que estaba mintiendo, por la forma de pararse con las manos en las bolsas del pantalón, mirándose los zapatos, esquivándola. Adriana contuvo el coraje, las ganas de abofetear al pobre viejo de su padre. Pendejo, con tal de que le dijeran "maestro", era capaz de poner la cabeza en la guillotina. Sí, eso era Alberto para Sarah, un trofeo. Exhibía su cabeza en una picota y él era feliz de que todos lo vieran. Por fin era famoso como Martha quería y por sus propios méritos.

Adriana no podía imaginar a su padre en la cama con esa puta disfrazada de actriz. No podía pensar en él, desnudo frente a ella. Más bien pensaba que su padre se despojaba no sólo de la ropa, sino también del sexo, y era inalcanzable para Sarah. La imaginaba gimiendo a los pies de él. Su padre no podía rebajarse con ella después de haber vivido con su madre. Sarah no lo merecía, nadie lo merecía sino ella, que lo había cuidado a la muerte de su madre y lo esperaba despierta hasta la madrugada para verlo llegar borracho, y compadecerlo y compadecerse, y sentirse madre e hija, hija y esposa, esposa y amante. Y ahora resultaba con que iba a actuar. Después de todo quizá no era tan absurdo. Pero, ¿qué papel podría hacer él?

Sarah se miró en el espejo, no estaba mal, nada mal, pero bien tampoco. Tenía diez años viviendo en Guadalajara, ¿sólo diez?, ya no recordaba. Nada más recordaba que tenía una meta: conseguiría un marido tonto, rico y viejo. Al año le quitó un adjetivo a su meta: un marido viejo y rico. A los dos se quedó con el adjetivo más importante para ella: un marido rico. A los cinco, aún conservaba el sustantivo: un marido. Entretanto pasaron por sus piernas varios amantes. Por fortuna la palabra no tenía género femenino ni masculino. Eso la hacía sentirse bien, como cuando comulgaba allá en el templo de la Colonia Roma, el que estaba en una esquina y del que había olvidado el nombre. Unicamente recordaba los santos de caras tristes. ¿Para eso se llegaba a santo? Ella parecía haber nacido con la boca en forma de risa, no le costaba trabajo llegar a la carcajada, cuestión de abrirla un poco más. Empezó a reírse de los santos, pero también de los diablos que estaban pintados en el libro de religión. Por eso comulgaba tan tranquila, sus metas se habían esfumado. Los hombres de esa ciudad no cambiaban de mujer tan fácilmente, sólo la engañaban, igual que ellas a ellos, y todos felices. Su última oportunidad era Alberto, pero el muy idiota seguía enamorado de su mujer muerta. Lo mandaría al carajo, ella no tenía nada que perder y tal vez algo que ganar con ese renueva espíritus que era Joaquincito. Sarah se miró en el espejo, aunque no había dejado de verse y se dio lástima. Cómo añoraba los santos tristes de aquel templo.

Faltaban unas cuadras para llegar al teatro. Alberto no sabía si apresurar o retardar el paso. Optó por lo segundo. Joaquín hizo lo mismo en su automóvil, rodeó el teatro una, tres, seis veces, antes de entrar al estacionamiento. Estaba excitado, Sarah lo atraía, podía ser su madre, nunca hubiera podido hacer el amor con su madre, seguramente por eso Sarah se había inhibido. La próxima vez echaría mano de toda su habilidad para complacerla. A cambio obtendría una buena recomendación, quizá hasta le publicaran ese libro que acababa de terminar. ¿Cuántas Sarahs se cruzarían en su camino a la fama? Joaquín se bajó del auto, lo cerró, le puso la alarma, aunque más valía que se lo robaran por viejo, pero había que guardar las apariencias; metió la llave en la bolsa derecha del pantalón y dijo: *no traigo un peso, tengo veinticinco años y deseos de hacer el amor. Soy igual a todos los hipócritas, antes de serlo.*

La noche estaba llena de conspiraciones. Los jotos se exhibían envueltos en mallas color carne. Al final de la avenida se encontraba el pequeño teatro donde se estrenaría la obra. *No es necesario ensayar*, había dicho Sarah.

Alberto siempre era puntual, pero hoy estuvo a punto de llegar tarde, el trayecto le había parecido muy largo. Este punto lo sentía más opuesto y más extremo que nunca antes. Las luces de neón relampagueaban en la marquesina. Alberto había salido temprano de su casa, bajado y vuelto a subir por los pasos a desnivel, con los coches persiguiéndolo. Pero ahí estaba. Alberto entró al teatro. Luego de besarlo como una concesión, Sarah lo condujo por un pasillo angosto que terminaba en un camerino improvisado. El la siguió dócil y se dejó maquillar bajo la luz de los focos que rodeaban el espejo. Sarah le aventó otro beso y desapareció. Alberto siempre quiso llamarse Ernesto y representar *La importancia de llamarse Ernesto*. Las luces se apagaron: *tercera llamada, tercera llamada, tercera...* Alberto vio abrirse el telón, entrar a Sarah y a Joaquín al escenario. *Tercera llamada...* Alberto quiso obedecer aquella voz, una voz de mujer, ¿era la de Adriana, la de Sarah o la de Martha? El público aplaudía, las piernas de Alberto no le respondían, Sarah se quitó un seno, luego otro; Joaquín se despintaba un ojo, la nariz, la boca, hasta quedar con la cara en blanco. Sarah reía, lloraba y volvía a reír porque Joaquín no era Joaquín, era Alberto. Alberto vio a Alberto caminar para atrás, lo vio bajarse de sus pies y quedarse a un lado del camino. *¡Alberto!*, gritó. Alberto se volvió a ver quién lo llamaba. Los reflectores lo cegaron y no vio desaparecer a Alberto tras bambalinas.

El camino de regreso a casa era largo, la ciudad estaba a oscuras por un apagón. Alberto no veía los jotos en las esquinas, que suplantaban a las prostitutas de antes; tampoco vería los edificios desnudos, las discotecas; no veía los pasos a desnivel ni los árboles decapitados y tal vez hasta llegaría a tiempo de cenar con Adriana.

LOS DOS ABRILES
(1786-1992)

El 22 de abril de 1992, a raíz de las explosiones ocurridas en el sector Reforma de la ciudad de Guadalajara, salieron a la luz los siguientes documentos, que excepto el final, datan al parecer de 1786, año en que la peste asoló a la capital de la Nueva Galicia.

Al no presentarse nadie a reclamarlos, se dispuso que fueran entregados al Archivo Municipal, o al Colegio de Jalisco, para que se investigue su autenticidad.

En espera de una declaración al respecto, se hacen del conocimiento público, a fin de aclarar su origen con la ayuda de los lectores. A reserva de que si se llega a verificar que tales documentos tienen valor histórico, quedarán bajo custodia del Estado. Ya que los presuntos propietarios de la finca número 82 de la calle de Analco, de donde fueron rescatados los papeles, desaparecieron en el siniestro.

Atentamente

El Editor

Uno a uno, seducidos por la peste, salieron de esta casa hijos y padres; amos y siervos; hombres y mujeres de este reino y del otro.

El penúltimo en salir fue mi señor, Don Diego de Miranda, desafiando a la Providencia, que bien poco proveyó. Mi señor, que en gloria esté, vestido con jubón de terciopelo y medias de seda, fue acarreado, igual que Salomé, por dos jumentos que son los enviados del Altísimo. Ahora reposa junto a otros miles de necesitados de recuerdos. Porque los muertos necesitan de nuestros recuerdos para ir al cielo. *"Si nadie te recuerda, ¿qué importa la salvación?"* me decía mi señor como un regalo a mis pocos años. Yo era hijo de Salomé, la cocinera, a quien mi señor besó en la boca sin importarle beber la muerte de sus labios. Salomé, mi madre, murió enseguida, y mi señor hizo lo mismo a los pocos segundos, no sin antes posar sus ojos sobre mi rostro, coronado de cabellos rubios, iguales a los suyos, e indómitos, como los de mi madre. Le devolví la mirada como un hijo a su padre, más que como un siervo a su amo, estaba a punto de convertirme en el dueño absoluto de la vida que quedaba en esta casa.

En otros días la vida se repartía entre todos. A mí me tocaba un retazo nada más de aquella vida que se desperdiciaba en placeres y ocios. Mi señora, Doña Margarita, tenía como único deber reposar su escote en un lecho de encajes y peinar su cabello con aromas de Francia, para darle hijos a mi señor. Pero ni con eso, ni con los cocimientos de mi madre Salomé, ni con las limosnas a la Iglesia, pudo concederle un heredero a Don Diego de Miranda que fuera digno de llamarse igual. Mi señor, caballero del rey, tenía unos testículos bien acomodados y un miembro de buena envergadura, que refocilaba en su mujer sin ningún fruto, como no fueran los reclamos que le hiciera a Dios por su débil vientre. En cambio Salomé, mi madre, sierva de Dios y de Don Diego, paría un año sí y otro no. Sus embarazos coincidieron con el destete de Margaritina, Clarabella y Nicolás. Yo, Salomón, fui el hijo primógenito de esta mujer ladina que nunca se quejó de nada. Ni de mí, que le escupí la cara cuando la vi levantarse la enagua para recibir a Don Diego. Me mandaron a la cuadra con las bestias, ahí lloré tres días mi bastardez, sin probar ni agua, con lo que se fortaleció mi condición y nunca más volví a sentir pena de mi. Margaritina me rescató.

Era prieta y enjuta. Parecía que caminaba de lado empujada por la vergüenza. Tenía los dientes podridos y los ojos asustados. Saltaba cuando le decían: *Margaritina*, y no respondía. Se quedaba mirando a quien le hablaba en espera de que la condenaran a muerte. Tenía los mismos labios de Don Diego y las mismas cejas, tal cual si la hubieran injertado de indio y español. Quizá por eso nació avergonzada y no se le quitó hasta que las dos aureolas de su pecho se redondearon y apuntaron hacia delante. Fue como si Margaritina se hubiera despertado de repente para arrebatar la parte de vida que le tocaba, antes de que alguien se la quitara. Y desde ese día mi hermana utilizó sus tetas como dos sables ante los que sucumbieron más de un Diego. Apenas llegaba a los trece años, empero, parecía tener concentrada toda la sabiduría de las viejas cortesanas. La primera vez que la hice mía tuvieron que desprendérmela entre dos hombres y poco faltó para que me mutilara.

Corría el año de 1785, la peste aún no se declaraba en todo su apogeo, aunque era un secreto a voces bien guardado por las autoridades y evadido por las damas y caballeros de la corte. Mi señor, Don Diego, buen cuidado tuvo de no alarmar a Doña Margarita con una calamidad así. Ella, que guardaba hasta la última gota de sangre de su última luna, por el temor de que fuera la última vez que manchase sus ropas, no resistiría una mala noticia más. Le bastaba con pensar día y noche en que la fuente de vida que llevaba en el vientre se estaba secando, junto con la esperanza de la maternidad, la fidelidad y la felicidad. *El hombre necesita descendencia*, decía Doña Margarita, viendo el vientre abultado de Salomé, a quien casaron con Benito el impotente cuando iba a darme a luz. Decían que la comadrona me resucitó, a petición de Don Diego, porque nací muerto, y que Salomé creía que era castigo de Coatlicoe. Por casarse con un blanco. Y sí ha de haber sido, porque todos los hijos le nacieron igual y a todos hubo que resucitarlos. También dicen que ella apretaba las piernas cuando íbamos a nacer para que no saliéramos y nos asfixiáramos adentro de sus carnes. Pero no las apretaba cuando Don Diego nos metía en su vientre, después de tratar inútilmente de meternos en el de Doña Margarita, que siempre estaba de piernas abiertas esperando a su señor. Fuimos pues hijos de segunda mano.

Los frascos con la sangre coagulada, seca o engusanada, de las lunas de Doña Margarita, rotulados de su propio puño y letra, estaban en un baúl, junto a sus sábanas de lino bordadas con su monograma. Doña Margarita gustaba exhibir de vez en cuando las sábanas manchadas por ella misma, como prueba de sus bondades. Colgadas del balcón, le recordaban aquella primera noche en que había perdido la virginidad. Aunque luego dijera que no la había perdido nunca y que esa era la causa de que fuera estéril. Doña Margarita se paseaba entonces por los corredores de la casa como Dios la echó al mundo, para mostrar sus carnes vírgenes, hasta que Salomé la envolvía en una manta y la calmaba con unos de esos cocimientos que Doña Margarita decía la estaban envenenando. Su pedazo de vida era demasiado resbaladizo y se le soltaba a Doña Margarita con mucha frecuencia, para volverlo a agarrar cada vez con mayor dificultad. A lo único que se aferraba era a aquellos frascos que destapaba y olía mes a mes y que estrellaba contra el suelo cuando veía la señal: la sangre se derretía cuando Salomé era preñada. Margarita se enteraba primero que ella y no daba gracias al cielo por el prodigio, sino que gemía y se rasgaba las ropas. La última vez, cuando Salomé concibió a Nicolás, a Margarita se le fue para siempre la rienda de la vida de sus manos.

Yo me quedé con la porción de vida que le correspondía y que ella no iba a aprovechar. Comencé a vestir casaca de lana y sandalias de piel y a gozar de los favores de mi señor.

La peste iba extendiéndose de ciudad en ciudad, pero pasaba de largo por nuestras puertas. Era más fuerte nuestro humor que el suyo, decía Benito, que gustaba de retar a la suerte. Sería porque a él le había tocado la peor, la del cornudo. Salomé lo maldecía por su condición de encubridor de oficio. Pero él a mí me trataba como un padre a su hijo, y veía en mí lo que la naturaleza le había negado: Yo crecía en proporciones desmedidas de la cintura para abajo y eso significaba vida. En poco tiempo acaparé gran parte de la que otros no usaban. A Doña Margarita pude haberle hecho hijos si hubiera llegado antes de que se le agotara la sangre. *La tenemos medida*, decía Salomé, mi madre; y a Margarita se la habían racionado. Empero estoy seguro de que algo cambió en sus entrañas, gracias a mí.

Don Diego la había repudiado a raíz de su obsesión de ponerse cojines en el vientre durante nueves meses, al término de los cuales se retorcía y gritaba de dolor. Salomé le arrimaba un lío de trapos, que Margarita amamantaba y mandaba bautizar. Hubiera sido una buena madre para mis hermanos y para mí, no como Salomé, que tenía tetas nada más para él.

Margaritina parió su primer hijo a los catorce años. La peste nos asediaba a los dos y teníamos que darnos prisa para no desperdiciar la vida que nos quedaba. Diariamente oíamos pasar a los frailes que recogían los cadáveres de los apestados. Se anunciaban con una campana que prendía fuego a las partes de Margaritina. Ella dejaba lo que estuviera haciendo para ir a buscarme. Nos amancebábamos en cualquier rincón, sin importarnos quién mirara. Los ojos de Benito se prendían a mi cuerpo casi con la misma fuerza que Margaritina, de la que no podía zafarme hasta que ella quería. La peste nos espoleaba las intimidades y nos urgía a escapar de la muerte juntando una vida a otra. Pero Margaritina heredó a su madre: su vida y mi vida sólo engendraron muerte. El niño nació con la peste. Dicen que ella la traía por dentro y se la pasó a la criatura. Lo cierto es que Margaritina se deshizo del cuerpo y siguió gozando de mí y de Don Diego, quien nos descubrió y se unió a nosotros. Yo lo dejé hacer, empero, juré vengarme en Doña Margarita, lo único que él tenía. Entré en sus aposentos, ella creyó que iba a pasar la noche a su lado, como hiciera tantas veces desde que Don Diego la repudiara, mas en lugar de meterme a su cama, le arranqué el cojín. No pudo defenderse, ni siquiera gritar. Me miró de frente por un segundo y supe que me había estado engañando. Nunca estuvo loca hasta entonces. Debajo del cojín tenía el vientre abultado. La sangre de los frascos estaba fresca y no era por Salomé. El hijo era mío, no podía ser de nadie más, y mi señora lo perdió por mis arrebatos. La sangre corrió por sus piernas y tiñó sus sábanas, que fueron exhibidas como trofeo. Doña Margarita se vistió de luto hasta su muerte y no volvió a hablar con nadie, ni con el fraile que la confesaba.

Se llamaba fray Antonio y a diario recorría las calles en busca de menesterosos. El hambre había azotado la ciudad después de grandes sequías. Mi señor acudió al llamado de Don Eusebio Sánchez Pareja, Presidente de la Audiencia, para formar una junta de socorro. A su regreso lo vi abatido. *Es muy difícil*

servir a Dios y al diablo, dijo. Yo entendí a qué se refería.
Afuera de nuestra casa él era uno de los honorables de la ciudad, presto a dar ayuda a los necesitados. Mas el respetabilí-
simo Don Diego de Miranda no tenía quién viera por él.
Salomé era su criada, igual que yo, que no me atrevía a
mirarle a la cara aunque compartiéramos el mismo lecho y
amáramos a la misma mujer. Porque eso era adentro, muy
adentro de nosotros. Por encima él era blanco y nosotros no.
Salomé era más que mulata. Había sido esclava y Don Diego
le dio en regalo la libertad cuando nació Nicolás. Quizá por
eso fue el último. Después de él, Salomé usaba su libertad
para sacarse los muchachos con las artes aprendidas de su
abuela, una negra llamada Milagros. Mi señor, venido de
España, no tenía a nadie más que a su mujer, de la que esperaba tener muchos hijos; y a nosotros, de los que no esperaba
nada porque éramos su secreto. Nunca nos educó ni en su fe
ni en sus costumbres. Antes bien, aprendió de nosotros a retozar a cualquier hora y en cualquier parte, sin parar en mientes
si se trataba de la madre o la hija, con tal de que fuera hembra.
Y cada vez le costaba más vestirse la casaca y salir a enfren-
tarse a aquel mundo que no penetraba nuestras paredes.

Benito era el encargado de acarrear las provisiones. Iba hasta
Zapotlán y volvía con cincuenta fanegas de maíz, veinte arro-
bas de manteca y suficiente frijol para no volver en mucho
tiempo. Nos traía también las noticias que Don Diego no nos
proporcionaba. Un día dijo que habían expulsado a los jesui-
tas de la Nueva España. Nosotros no sabíamos quiénes eran,
pero nos asustamos porque si expulsan a alguien de un lugar
pueden hacerlo con cualquiera. A nosotros no nos veían con
buenos ojos los pocos que nos conocían. Y era porque su vida
y la nuestra eran muy diferentes. Yo lo comprendí por lo que
hablaba Don Diego cuando empinaba una botella tras otra.
Entonces me decía *hijo* y me daba unos reales para mí solo y

me contaba su vida en el reino. Lo que le había costado salir de allá. *Acá sería el paraíso si no hubiera habido mujeres españolas, ni frailes, ni Audiencias, ni alcabalas*, decía. Estas tierras lo habían hecho rico y también desdichado. Su Dios no le perdonaría la vida disoluta que llevaba. Y arremetía conmigo a golpes, para luego pedirme perdón y acabar con un cilicio que le llagaba las carnes hasta hacerlo sangrar. Yo dejaba de comprenderlo y me preguntaba por qué iba a castigarlo Dios por usar lo que El le dio.

Clarabella fue la encargada de iniciar a Nicolás, quien tenía doce años. Clarabella era la más parecida a Don Diego, casi no parecía nuestra hermana. Doña Margarita hasta quiso ponerla en el colegio para niñas de las monjas clarisas, pero Salomé se opuso. Adentro de nuestra casa ella ordenaba y no había más Dios que el suyo. Doña Margarita, débil de coraje, no insistió y dejó que continuáramos viviendo a nuestro talante, mientras ella seguía asistiendo a misa todas las mañanas. Yo la acompañé en varias ocasiones antes de convertirme en su mancebo. Ibamos a la Catedral o a Santa María de Gracia. En una de esas salidas nos tocó ver un tumulto por haber matado a palos a una india en la alhóndiga. Decían que los autores eran un mulato y un mestizo. Fueron a pedir justicia al Arzobispo, pero se hizo sordo y se armó un motín, que no hicimos del conocimiento de Don Diego, por temor a que nos prohibiera salir. Otro día nos aventuramos hasta la Alameda, no por vicio, sino porque perdimos el rumbo de nuestros pasos y fuimos a dar allá por escaparnos de unos rijosos. Yo tenía los mismos años que Nicolás cuando fue iniciado por Clarabella... tenía el nombre tan bien puesto que pronto desbancó a Margaritina de mi lecho.

Se acercaba el año de 1786. En las vísperas, las campanas de Catedral batieron a vuelo y se escucharon cohetes en la Plaza de Armas. A pesar de las sequías y el hambre, el nuevo año

traía la esperanza consigo. Yo cumplí diecisiete años ese día y empezaba a leer y escribir gracias a los buenos oficios de Benito, que era el puente entre afuera y adentro. Pronto me aficioné a los libros, los que combinaba con mis entradas y salidas de las hembras de mi casa. Los episodios de caballerías eran tanto o más excitantes que ellas. A Margaritina y Clarabella siempre las había tenido junto a mí, ahora me daba cuenta de que existía algo más allá. Leí relatos del Puerto de San Blas, a sesenta y cinco leguas de Guadalajara. De Barra de Navidad, de Acapulco, de donde zarpaban expediciones que atravesaban la mar. Así como de regiones donde había oro y plata. Ahí, entre esas paredes, no había esperanza alguna. Si la peste no nos mataba, nos moriríamos de tanto fornicar; tenía que encontrar una salida. Por primera vez pensé en el Dios que estaba coronado de espinas en la Catedral, el que decían que daba vida eterna. Durante mis visitas en compañía de Doña Margarita, cinco años atrás, la vi llorar a los pies de su Dios. Después lo había olvidado, igual que Don Diego, quien sólo lo invocaba cuando recordaba que podían matarlo por hereje, decía. Me entró curiosidad y fui en busca de fray Antonio, el confesor de mi señora, para que me hablara de ese Dios.

No lo encontré; en su lugar hallé caravanas de hambrientos y miserables que recorrían las calles y se apilaban en los atrios de los templos en busca de comida. La inmundicia y el hacinamiento provocaban violencia entre ellos. Y me vi reflejado en sus rostros. Se comportaban cual animales, como nosotros en casa de Don Diego. No sé cómo pude vislumbrarlo, si me acuciaba ya la urgencia de la carne.

Desanduve mis pasos con rapidez en pos de las profundidades de Clarabella. Al llegar la encontré entrepiernada con Don Diego y sentí rabia. Deposité mi incontenible lujuria en Margaritina. Unos lamentos llamaron mi atención. Era Don

Diego, quien se mortificaba con el cilicio las carnes recién usadas. Hice lo mismo y sentí un nuevo gozo: cada latigazo me hacía revivir los momentos pasados junto a Margaritina, con mayor intensidad. Sí, esa era la vía hacia la perfección de que hablaba mi señor. Poco a poco fui acostumbrándome a vestir el sayal que me regalara fray Antonio en otra de mis visitas, en la que había aprendido también a pensar en su Dios, como padre, el tercer padre de mi vida. ¿Sería como los otros dos?

Para averiguarlo me fui de la casa y no volví durante una semana, en que me dediqué a socorrer a los enfermos y a trabajar para los desheredados. Caminé entre los muertos que manos anónimas sacaban al arroyo de la calle. ¿Cuántas veces habrían fornicado aquellos cuerpos hinchados por la muerte?, me preguntaba, limpiando mis sandalias de las inmundicias que escurrían de ellos. Mas, al séptimo día, el sayal comenzó a picarme. Las esperanzas de escapar a la peste y el hambre se acortaban y los lutos se alargaban: dos años por muerte de padres e hijos; tres por la esposa; cinco por el marido; uno por los abuelos y hermanos, decía fray Antonio. Nunca se acaba de pagarle a la muerte, pensé. Lo último que hice antes de convencerme de que mi naturaleza era perversa y no iba a cambiar, fue asistir al barrio de Analco al reparto de comida. Había dos mil indigentes vestidos con harapos, que como perros hambrientos esperaban su ración. Me vi dos mil veces repetido en cada uno de esos miserables, indignos de llevar un alma adentro. Con todos los instintos de fuera devoraban potajes con tanta fruición, que me excité y me uní a ellos con un apetito voraz que se trasmitió a cada uno de mis sentidos. Y regresé.

Nada había cambiado. Yo también era el mismo. Quemé el sayal y gocé a las tres hembras de mi sangre, juntas por primera vez. Luego nos sentamos a esperar la muerte, disfrutando cada instante de la vida ante la mirada extraviada de Don Diego, y un Benito obnubilado e indiferente.

La primera en morir fue Margaritina, que no sé de quién esperaba otro hijo, tal vez mío. Lo que no le impidió retozar conmigo hasta el momento mismo de su muerte. Al sentir los dolores me retiró de ella y cerró las piernas como Salomé. Tratamos de abrírselas, pero Margaritina, a pesar de su natural tan raquítico, resistió la presión de todos. Murió de parto, pero antes mató a su hijo que no pudo salir del vientre de su madre ni después de muerta. Cuando le abrimos las entrañas, el producto estaba estrangulado.

Sacamos el cuerpo a la calle con rapidez porque empezó a oler.

Ya nada más quedábamos seis.

Al día siguiente, 19 de abril de 1786, Clarabella, que llevaba desde antes de Navidad sin comer nada, comenzó a ver al demonio y a gritar desenfrenadamente. No le hicimos caso hasta que nos dolieron los oídos a Salomé y a mí; porque Benito, Don Diego y Margarita, seguían en sus delirios, sin acatar la realidad: Benito, con la vista perdida, murmurando por los rincones. Margarita, pulcra y elegante, sentada en un sillón de terciopelo, sin hablar; y Don Diego, masturbándose.

Salomé le preguntó a Clarabella qué veía, y ella fue describiendo a Satanás con tanta vehemencia que no dudamos. Entonces Salomé, para acallar sus gritos y darle un escarmiento que ahuyentara al maligno, le abrió la boca a Clarabella, le jaló la lengua y con el cuchillo que destazaba las gallinas, se la cortó. "*Si no te ha de servir para tragar, no la necesitas tampoco para gritar*", le dijo. Y aventó el apéndice a los perros. Clarabella estuvo sangrando por la boca, aún después de muerta.

Nada más quedábamos cinco. El veinte de abril de 1786, Margarita amaneció lúcida y bella. Abrió las cortinas de su cuarto y salió al corredor: Las macetas estaban secas, las jaulas vacías y, en la cocina, Salomé dormitaba su remordimiento. Los peroles, llenos de cochambre por fuera y de inmundicia por dentro, esparcían fetidez, igual que Don Diego, quien estaba pudriéndose en vida. Margarita volvió a su cuarto y sacó del baúl sus mejores galas. Después de perfumarse, peinó sus cabellos en una trenza y empezó a vestirse: La pollera de encaje, las medias negras, el vestido de seda, el lazo de raso; el prendedor de nácar sobre la blusa y una capa de viaje. Se sentó en su sillón y toda ella se iluminó por dentro. Yo la veía de lejos sin atreverme a manchar su mirada con mi presencia. Un aroma de nardos llenó la casa antes de que volara por la ventana. Cuando salí a la calle estaba muerta, con una rosa fresca entre las manos. La sangre de sus frascos se había licuado, pero al tocarla se convirtió en ceniza.

Ya sólo éramos cuatro, una hembra y tres hombres bajo el falso cielo de aquella casa: Rosetones de yeso en las cornisas y ratas correteándose por los pasillos.

Las miradas se hicieron más desconfiadas; se afilaron los ojos, el otro éramos todos y cada uno; y nos supimos muertos antes del alba. Don Diego, engusanado, cuidaba sus espaldas ante Benito y mantenía a distancia a Salomé. Yo les medía el tiempo. Faltaba poco en caer la noche como un abismo negro sobre nosotros. Y con ella la urgencia.

A los primeros toques de las campanas, Salomé desató corpiño y enaguas y se montó en mis ancas. Yo tenía un cuchillo entre las piernas. Ella expiró de gozo. En el último instante Don Diego de Miranda, el hacendado, se acercó a besarla y se murió inclinado sobre su pecho. No pude separarlos y los tiré a la calle uno sobre otro.

Benito recordó de su largo sueño. Era el 21 de abril de 1786 y estaba él solo junto a mi nombre. *"Salomón"*, me imploró, *"tú eres fuerte, dame una muerte digna, muerte de hombre. Mis ancestros me esperan, pero sin gloria no me atrevo a enfrentarlos"*. Y tomando un cuchillo de obsidiana se rasgó las entrañas. *"Sácame el corazón, ponlo en una urna y llévalo al Teocalli"*.

Lo hice con respeto, era mi padre y lo mejor de él era esa carne.

Regresé embozado entre las sombras, como una sombra más a esperar la muerte, que no fue el veintidós, como calculaba.

Han pasado doscientos cinco años con trescientos sesenta y cuatro días de aquella fecha y lo único que he visto desde entonces son muertos copulando, muertos engendrando muertos...

Esta obra se terminó de imprimir
en julio de 1995, en los talleres de
Programas Educativos, S. A. de C. V.
Calzada Chabacano 65–A, Col. Asturias.

El tiraje fue de 1,000 ejemplares
más sobrantes para reposición